Basic
10

피노키오

Pinocchio

어린 시절 누구나 한 번쯤 읽게 되는 아름다운 동화와 명작들! 이젠 영어로 읽어 볼까요?

한글 번역본을 읽을 때와는 전혀 다른 재미와 감동을 느낄 수 있고, 이미 알고 있는 이야기들이라 생각보다 어렵지 않습니다. 즐겁게 읽어 나가는 사이에 독해력이 쑥쑥 자라는 것은 물론이죠.

「행복한 명작 읽기 Basic」 시리즈는 영어로 된 이야기책을 처음 접하는 왕초보들을 위해 개발되었습니다. 250단어 수준의 짧고 쉬운 문장으로 이루어져 있어 영어 읽기를 처음 시도하는 초급자나 초, 중, 고등학생들이 보다 즐겁게, 보다 효과적으로 영어 명작들을 읽으며 독해력을 키울 수 있습니다.

영어표현 및 문법에 대한 친절한 설명, 어휘 학습과 내용의 이해를 돕는 퀴즈들, 그리고 매 페이지 펼쳐지는 멋진 그림들까지 어디 한 군데 소홀함 없이 구성했습니다. 여기에 권말 특별부록 '독해 길잡이'와 '리스닝 길잡이'를 곁들여 읽기뿐 아니라 체계적인 리스닝 학습까지 아우르고 있습니다. 또한 CD에 '오디오북' 형식으로 전문 미국 성우들의 생동감 넘치는 원음을 담았습니다.

본문은 원어민 전문 필진이 교육부 선정 기본 어휘를 바탕으로 실생활에 많이 쓰이는 기본 어휘를 사용해 표준 미국식 영어로 리라이팅하였기 때문에 학교 영어 학습에도 큰 도움이 될 것입니다. 「행복한 명작 읽기 Basic」 시리즈를 끝낸 후에는 다락원의 5단계 독해력 증강 프로그램 「행복한 명작 읽기」 시리즈를 본격적으로 시작할 기본 영어 실력을 탄탄히 갖추게 되었음을 몸소 느낄 수 있을 것입니다. 「행복한 명작 읽기」 시리즈를 통해 영어를 읽고 듣는 재미에 푹 빠져 보시기 바랍니다.

– 행복한 명작 읽기 연구회 –

Introduction

카를로 콜로디 (1826~1890)
Carlo Collodi

이탈리아 피렌체 출신의 아동문학가로, 본명은 Carlo Lorenzini이다. 훗날 필명으로 쓰게 된 '콜로디'는 그가 자랐고 그의 문학에 많은 영감을 준 곳의 지명에서 비롯되었다. 그를 〈피노키오의 모험〉이라는 아동문학 작품의 작가로만 알고 있지만, 콜로디는 일찍이 이탈리아 독립전쟁에 자원 참전한 바 있고, 정치에 관심이 많아 풍자적인 신문 '람피오네(Il Lampione)' 창간에 참여하기도 했다. 초기 작품에는 그의 이러한 성향이 다분히 드러난다. 1856년 소설 〈바포레 In Vapore〉로 유명세를 타기 시작했고, 이 즈음에는 정치 풍자적인 희곡과 단편소설을 많이 집필했다. 1875년, 그는 아동문학계에 입문하게 되었고, 자신의 신념을 우화적으로 표현하기 위해 쾌활하고 악동스러운 인물을 만들어 내는 데 빠져들었다. 1880년 작가의 최고 작품인 〈피노키오〉가 어린이 신문에 연재되기 시작했고 1883년 한 권의 책으로 발간되어 이탈리아에서 선풍적인 인기를 끌게 된다. 그 외 〈잔네티노 Giannettino〉, 〈미누촐로 Minuzzolo〉 등의 동화를 남겼다.

1890년 콜로디는 피렌체에서 숨을 거두었는데, 〈피노키오의 모험〉은 그의 사후에 세계적으로 큰 명성과 인기를 얻게 되었다. 이후 카를로스 콜로디 재단이 세워져 교육을 장려하고 작가의 작품을 홍보하고 있다.

피노키오 *Pinocchio*

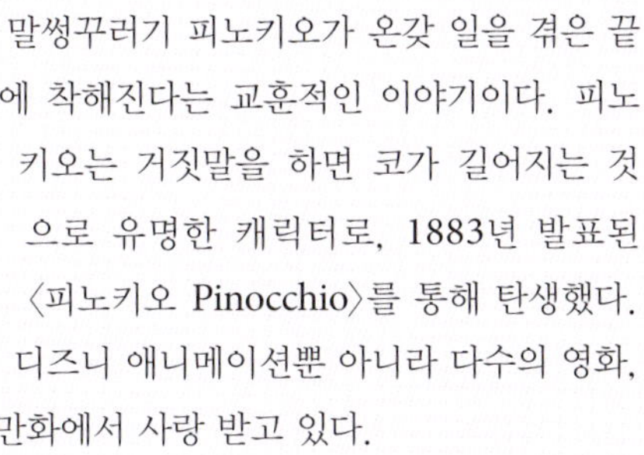

제페토가 나무로 소년 모양의 인형을 깎고 있다. 깎는 내내 인형이 살아 있는 느낌이 들더니만, 마침내 완성되자 정말로 움직이는 개구쟁이 소년 인형이 된다.
제페토는 이 인형을 피노키오라고 이름 짓고, 아들로 삼아 학교에 보내 줄 결심을 한다. 하지만 이 장난꾸러기 피노키오는 학교에 갈 마음이 전혀 없다. 가난한 제페토가 외투를 팔아 교과서를 사서 학교에 보내지만, 피노키오는 가는 길에 인형극장에 정신이 팔려 학교는 까맣게 잊고 만다. 인형극장에서도 한바탕 소동을 일으킨 피노키오는 동정심 많은 인형극장 주인이 제페토에게 갖다 주라고 한 금화 다섯 닢을 들고 또 다른 모험을 떠나는데….

말썽꾸러기 피노키오가 온갖 일을 겪은 끝에 착해진다는 교훈적인 이야기이다. 피노키오는 거짓말을 하면 코가 길어지는 것으로 유명한 캐릭터로, 1883년 발표된 〈피노키오 Pinocchio〉를 통해 탄생했다. 디즈니 애니메이션뿐 아니라 다수의 영화, 만화에서 사랑 받고 있다.

How to Use This Book

이 책, 이렇게 보세요

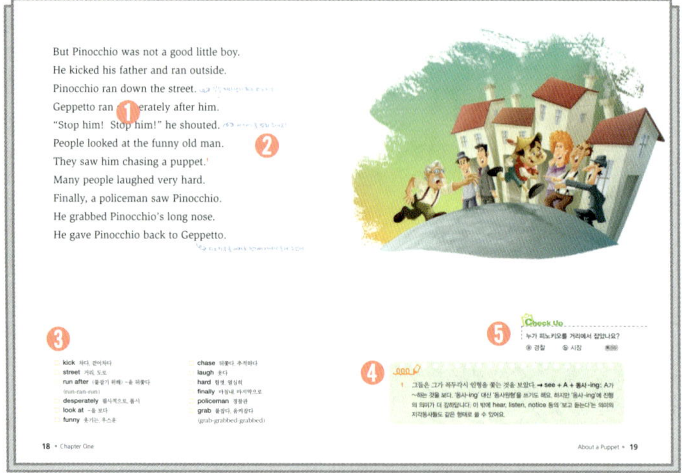

① 영어본문
구문별·문장별로 행이 구분되어 있어
의미를 파악하기 쉽습니다.

② 해석 도우미
영문의 요지 및 뉘앙스의 실마리를
제시했습니다.

③ 어휘 설명
초등 수준에서 조금 어려울 수 있는
단어와 표현은 해당 의미를 명기했습니다.

④ 문장 설명
중요 문법 사항이 들어있거나 중요한
구문으로 이루어진 문장에는 해석과
설명을 제시했습니다.
조그맣게 어깨 번호가 있는 문장은
하단을 확인해 보세요.

⑤ Check-Up
내용 파악을 잘 했는지 바로 확인해보는
퀴즈입니다.

오디오 CD
영미권에서 즐겨 듣는 '오디오북' 형식을 도입해, 원어민 성우가 표준 미국 영어로 내레이션합니다.
어렵지 않게 영어가 귀에 쏙쏙 들어올 것입니다.

How to Improve Reading Ability

왕초보를 위한 독해 가이드

1단계 군더더기는 필요없다, 키워드를 잡아라.

문장 안의 핵심어를 통해 대략적인 의미를 잡아내는 연습을 해보세요. 단어 몇 개 가지고 짐작으로 무슨 내용인지 생각해 보는 게 무슨 실력이냐 하겠지만, 큰 효과가 있답니다. 계속 해나가다 보면 우연히 맞힌 게 아니라 실력으로 맞힌 것임을 알게 될 것입니다.

2단계 길면 쪼개라.

문장을 의미 단위별로 끊어서 읽으세요. 이 책은 대체로 짧은 문장으로 구성되어 있을 뿐 아니라, 간혹 나오는 비교적 긴 문장은 의미 단위에 맞춰 행이 바뀌어 있습니다. 행이 바뀌는 게 거슬리는 순간, 여러분은 다음 단계로 올라가면 됩니다. 이 때 앞에서부터 차례로 의미를 파악하는 습관을 들이세요. 문장을 거슬러 올라오면서 해석하는 버릇이 들면, 읽는 속도에도 문제가 생기지만 리스닝할 때 큰 난관에 부딪히게 됩니다.

3단계 넘겨 짚는 것도 능력이다, 모르면 추측해라.

모르는 단어가 나와도 바로 사전을 찾지 마세요. 문맥 속에서 유추하는 능력도 길러야 합니다. 전혀 모르겠는 문장도 일단 어떤 이야기일 것이라고 생각해 본 다음에 해석을 확인하거나 사전을 찾도록 합니다.

4단계 많이, 여러 번 읽어라.

영어를 정복하는 지름길은 없습니다. 많이 읽고, 여러 번 읽는 사람만이 정상에 오를 수 있습니다. 꾸준히 영어를 접하다 보면 자기도 모르는 사이에 영어 실력이 쑥 올라간 느낌을 경험하게 될 것입니다.

Contents

Pinocchio

Pinocchio

피노키오

Before You Read

제페토의 손에서 태어난 나무 인형 피노키오는 살아 있는 인형이에요.
게다가 말썽꾸러기랍니다. 피노키오의 흥미진진한 모험을
따라가 볼까요?

a bucket of cold water 찬물 한 양동이

dump 쏟다

beg for ~을 구걸하다

feel strange 이상한 느낌이 들다

hunger 배고픔
stomach 위, 배

behave 예의 바르게 행동하다

audience 관중
line up 줄 서다

laugh at ~을 비웃다

policeman 경찰관

a crowd of people 사람들 무리

Geppetto 제페토

grab 잡다, 쥐다
put someone in jail ~을 감옥에 넣다

desperately 필사적으로

run after / chase 뒤쫓다

adopt 입양하다

normal 평범한

unusual 특이한

run away 도망치다

carpenter 목수

carve 깎다, 조각하다

joyful 즐거운
free 자유로운

puppet 꼭두각시, 인형

Pinocchio 피노키오

puppet theater 인형 극장
show 공연
stage 무대
THEATRE
sneeze 재채기하다
feel sorry for 안쓰럽게 여기다
feel pity 동정하다
mean 못된, 사악한
firewood 장작
burn off 불타 버리다
ticket 표, 입장권
gold coins 금화
make money 돈을 벌다
Now leave before I change my mind.
내 마음이 변하기 전에 떠나거라.
the Field of Wonders 경이의 들판
puppet master 꼭두각시 주인
plant 심다
stranger 낯선 사람
hood 두건
crippled 다리를 저는, 불구의
blind 눈이 먼
thief 도둑 (복수형 thieves)
ask for money 돈을 달라고 하다

About a Puppet
한 인형 이야기

This story is about an unusual boy. 이 이야기는 특이한 소년에 관한 거야.

Why was he so unusual?

He did not begin life as a normal baby. 보통의 아기로 삶을 시작하지 않았어.

He was made by a poor carpenter.[1]

The carpenter's name was Geppetto.

Geppetto liked to carve toys from wood.

One day, Geppetto began a new project.

He wanted to make a wonderful puppet. 멋진 인형을 만들고 싶었어.

It would look like a small boy.

☐ **puppet** 꼭두각시, 인형
☐ **unusual** 특이한, 비범한
☐ **normal** 평범한, 보통의
☐ **poor** 가난한
☐ **carpenter** 목수
☐ **carve** 조각하다, 깎아서 만들다

☐ **project** 계획, 프로젝트
☐ **wonderful** 훌륭한, 아주 멋진
☐ **call** 부르다
☐ **bring fortune** 행운을 가져다 주다
☐ **entertain** 즐겁게 해주다
☐ **together** 함께, 같이

"I'll call him Pinocchio," he thought.
"It's a good name. It will bring us fortune.
We will entertain people together."

1 그는 가난한 목수에 의해 만들어졌다. ➙ **be동사 + 과거분사:** 수동태 문장이에요. '~을 해받다, 당하다'라는 수동적인 의미가 있어요. 이 문장의 능동형은 A poor carpenter made him.이죠. 목적어 him이 주어가 되면서 동사가 'be동사 + 과거분사' 형태로 바뀌었어요. 주어는 by 이하로 이동해요. 행동의 주체를 쉽게 알 수 있는 경우에는 생략하기도 해요.

ex He wrote the essay in English. 그는 영어로 에세이를 썼다.

➙The essay was written in English (by him). 그 에세이는 영어로 쓰여졌다.

Geppetto started with the head.

He carved hair, a forehead, and eyes.

The eyes seemed to follow Geppetto.

- forehead 이마
- seem ~인 것 같다, ~처럼 보이다
- get / grow + 형용사 ~해지다
- follow 따라가다, 지켜보다
- imagine 상상하다, (마음 속에) 그리다
- move 움직이다

- give up 포기하다 (give-gave-given)
- immediately 즉시, 즉각
- tickle 간질간질하다, 간질이다
- crazy 미친, 정상이 아닌
- pretend ~인 척하다
- finish 끝내다

"Ah, I am getting old," he thought.

"I am imagining things."

Next, Geppetto carved a nose.

The nose grew longer.  코가 길어졌어.

Geppetto cut the nose.

The nose grew again.

Geppetto gave up.

He started on the mouth.

Immediately, the lips moved.

"Oh, that tickles," Pinocchio said. 그거 간지럽네~

"Am I going crazy?" thought Geppetto.

The old man pretended not to hear.[1]

He finished the arms, body, and legs.

Check Up

제페토는 왜 자기가 제정신이 아니라고 생각했나요?

ⓐ 인형 만들기가 힘들어서
ⓑ 인형이 움직이고 말을 해서

정답: ⓑ

---

1   그 노인은 들리지 않는 척했다. → pretend는 항상 'to + 동사', 즉 to부정사와 함께 쓰이는 동사예요. to부정사를 부정할 때는 to부정사 앞에 not이나 never 등의 부정어를 쓰면 돼요.
ex I told him not to visit me today. 난 그에게 오늘 날 찾아오지 말라고 말했다.

Suddenly, the puppet reached up.

Pinocchio pinched Geppetto's nose.

Geppetto could not ignore this. 이걸 무시할 수는 없었어.

"You are alive!" shouted Geppetto.

"Of course I am," said Pinocchio.

"You made me."

Then, Pinocchio stood up and began to dance.

Geppetto made a decision. 제페토는 결심했어.

"Stop it, Pinocchio. This is no time to dance.[1]

I will adopt you as my son.

내일, 학교에 보내 줄게.

Tomorrow, I will send you to school.

You must become a good little boy."

☐ **suddenly** 갑자기	☐ **stand up** 서 있다 (stand-stood-stood)
☐ **reach up** 기지개를 켜다	☐ **dance** 춤추다
☐ **pinch** 꼬집다	☐ **make a decision** 결정하다
☐ **ignore** 무시하다, 못 본 척하다	(make-made-made)
☐ **alive** 살아 있는	☐ **adopt** 입양하다
☐ **shout** 외치다, 소리치다	☐ **tomorrow** 내일
☐ **of course** 물론	☐ **send** 보내다

제페토는 어떤 결심을 했나요?

ⓐ 피노키오를 양자로 삼겠다.

ⓑ 피노키오를 장난감 가게에 팔겠다. 

1 지금은 춤출 시간이 아냐. → **time to dance:** 춤출 시간. time 다음에 이어지는 to dance가 time을 꾸며 줘요. 이렇게 to부정사가 명사를 꾸며 줄 때는 항상 바로 뒤에 온답니다.

ex We need some people to help us with the project. 우리는 그 프로젝트를 도와줄 사람들이 좀 필요해.

But Pinocchio was not a good little boy.

He kicked his father and ran outside.

Pinocchio ran down the street. 길을 따라 냅다 뛰는 피노키오.

Geppetto ran desperately after him.

"Stop him! Stop him!" he shouted. 저 아이 좀 멈춰 주세요!

People looked at the funny old man.

They saw him chasing a puppet.[1]

Many people laughed very hard.

Finally, a policeman saw Pinocchio.

He grabbed Pinocchio's long nose.

He gave Pinocchio back to Geppetto.

피노키오를 제페토에게 돌려 주었어.

□ **kick** 차다, 걸어차다
□ **street** 거리, 도로
□ **run after** (붙잡기 위해) ~을 뒤쫓다
  (run-ran-run)
□ **desperately** 필사적으로, 몹시
□ **look at** ~을 보다
□ **funny** 웃기는, 우스운

□ **chase** 뒤쫓다, 추적하다
□ **laugh** 웃다
□ **hard** 힘껏, 열심히
□ **finally** 마침내, 마지막으로
□ **policeman** 경찰관
□ **grab** 붙잡다, 움켜잡다
  (grab-grabbed-grabbed)

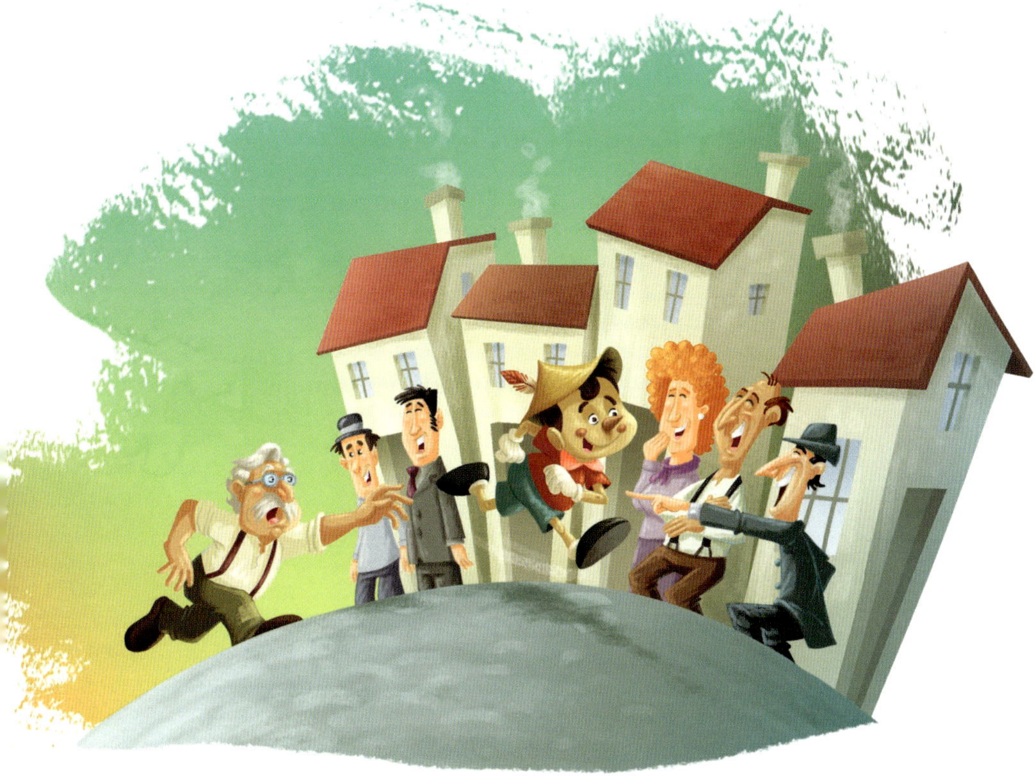

Check Up

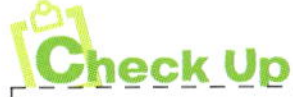

누가 피노키오를 거리에서 잡았나요?

ⓐ 경찰　　ⓑ 시장　　정답 : a

1 그들은 그가 꼭두각시 인형을 쫓는 것을 보았다. → **see + A + 동사-ing:** A가 ~하는 것을 보다. '동사-ing' 대신 '동사원형'을 쓰기도 해요. 하지만 '동사-ing'에 진행의 의미가 더 강하답니다. 이 밖에 hear, listen, notice 등의 '보고 듣는다'는 의미의 지각동사들도 같은 형태로 쓸 수 있어요.

Geppetto grabbed Pinocchio's neck.

He shook the puppet roughly. 인형을 거칠게 흔들었어.

"We're going home now," Geppetto said.

"Then, I will teach you to behave."

Pinocchio started to cry.

Many people gathered around. 많은 사람들이 모여들었어.

"Geppetto is being cruel," said one.

"He will beat that poor boy," said another.

The policeman grabbed Geppetto's arm.

"I'm going to put you in jail,"[1] said the policeman.

"You are too angry right now.

You might hurt that poor boy. 저 가엾은 아이를 다치게 할 수도 있어요.

I will let you go in the morning."

The policeman took Geppetto to jail.

- □ **shake** 흔들다 (shake-shook-shaken)
- □ **roughly** 거칠게, 험하게
- □ **teach** 가르치다
- □ **behave** 예의 바르게 행동하다
- □ **gather around** 모여들다
- □ **cruel** 잔혹한, 잔인한
- □ **beat** 때리다
- □ **put someone in jail** ~을 감옥에 넣다
- □ **hurt** 다치게 하다, 아프게 하다
- □ **poor** 불쌍한, 가엾은
- □ **let + A + 동사원형** A가 ~하게 두다, 허락하다
- □ **take** 데리고 가다 (take-took-taken)

1 당신을 감옥에 넣을 겁니다. → **be동사 + going to 동사:** ~할 것이다. 가까운 미래에 예정된 일을 나타낼 때 쓰는 표현이에요. 미래형 조동사 will보다 조만간 예정되어 있다는 의미를 좀더 줄 수 있어요.

ex She is going to go shopping. 그녀는 쇼핑을 갈 것이다.

A 제페토를 묘사하는 말을 모두 고르세요.

greedy

carve

poor

cruel

skillful

imaginative

B 다음 내용이 옳으면 T, 틀리면 F에 표시하세요.

❶ Geppetto painted houses for a living. ☐ T ☐ F

❷ Geppetto was surprised that Pinocchio was alive. ☐ T ☐ F

❸ Everyone on the street tried to help Geppetto catch Pinocchio. ☐ T ☐ F

❹ A policeman arrested Geppetto for being rough with Pinocchio. ☐ T ☐ F

Answers

A   carve, poor, skillful

B   ❶ F   ❷ T   ❸ F   ❹ T

 다음 질문에 알맞은 답을 고르세요.

❶ 제페토는 피노키오한테 무엇을 가르치고 싶었나요?

   (a) How to play a musical instrument

   (b) How to behave

   (c) How to become a real boy

   (d) How to play a sport

❷ 거리에서 사람들은 제페토에 대해 뭐라고 말했나요?

   (a) He was a kind old man.

   (b) He was the best puppet maker in the country.

   (c) He would get married soon.

   (d) He would beat poor Pinocchio.

D 이야기 전개에 맞게 다음 문장을 다시 배열하세요.

❶ The puppet acted strangely as Geppetto carves it.

❷ Geppetto decided to make a puppet.

❸ A policeman took Geppetto to jail.

❹ Pinocchio talked to Geppetto.

______ ⇨ ______ ⇨ ______ ⇨ ______

Answers

C ❶ (b) ❷ (d)

D ❷ ⇨ ❶ ⇨ ❹ ⇨ ❸

A Hard Lesson

힘들게 얻은 교훈

Pinocchio jumped up.

His tears were gone. 눈물은 사라졌어.

He felt joyful and free.

He started running.

He ran through streets and fields.

Finally, he arrived at Geppetto's house.

Pinocchio's stomach felt strange. 피노키오의 뱃속이 이상했어.

"This must be hunger," he thought.

He looked around the kitchen.

There was nothing to eat. 먹을 게 없었어.

☐ **hard** 어려운. 힘든	☐ **arrive** 도착하다	☐ **lonely** 외로운, 쓸쓸한
☐ **tears** 눈물	☐ **stomach** 배, 위	☐ **chirp** 짹짹(찍찍)거리다
☐ **joyful** 기쁜, 아주 기뻐하는	☐ **strange** 이상한, 낯선	☐ **cricket** 귀뚜라미
☐ **free** 자유로운	☐ **hunger** 배고픔, 기아	☐ **wall** 벽
☐ **through** ~을 통해, ~사이로	☐ **look around** 둘러보다	☐ **insect** 곤충
☐ **field** 들판, 밭	☐ **dark** 어두운, 깜깜한	☐ **all one's life** 평생, 일생 내내

It was now dark outside.

Pinocchio was both hungry and lonely.

"Chirp, chirp," said a cricket on the wall.

"Who is that?" asked Pinocchio.

"It is me, the talking cricket," said the insect.

"I have lived here all my life."[1]

---

1   난 여기에서 평생 살았어. → **have + 과거분사**: 현재완료시제. 보통 과거의 일이
    현재에 영향을 미치고 있을 때 쓰죠. 크게 '완료, 경험, 결과, 계속'의 의미가 있어요. 여
    기서는 예전부터 살아왔고 지금도 살고 있다는 '계속'의 뜻이에요.
    ex I have never been to Paris. 난 파리에 가 본 적이 없어. (현재완료의 경험)

"This is my house now," said Pinocchio.

"I want you to leave."[1]

"Fine," said the cricket.

☐ **leave** 떠나다	☐ **older** 더 나이 든 (old의 비교급)
☐ **fine** 좋은, 괜찮은	☐ **place** 장소, 곳
☐ **before** ~하기 전에	☐ **climb** 오르다, 올라가다
☐ **fact** 사실	☐ **sigh** 한숨짓다
☐ **run away** 가출하다, 도망치다	☐ **donkey** 당나귀
☐ **regret** 후회하다	☐ **laugh at** ~을 비웃다, 놀리다

"But before I go, I must tell you a fact.

Little boys should not run away.

They will regret it when they are older."[2]

"Let me tell you something," said Pinocchio.

"Tomorrow morning, I will leave this place.

I don't want to go to school.

I want to run, climb trees, and play."

The cricket sighed.

"Then you will become a donkey.

Everyone will laugh at you."

---

1 네가 떠났으면 해. ➡ want는 항상 to부정사와 함께 써요. 이때 to부정사의 행동 주체가 주어가 아니라 목적어인 경우에는 목적어가 want와 to부정사 사이에 위치해요.
   ex He wanted me to water the plants. 그는 내가 화초에 물을 주길 원했다.

2 나이가 더 들면 후회하게 될 거야. ➡ when: ~할 때, ~하면. when은 의문문 외에도 이렇게 평서문에서 쓰일 수 있어요. '~하면'의 의미로 조건을 나타내기도 해요.
   ex Please answer the door when the doorbell rings. 대문 벨이 울리면 나가봐 줘.
   I was watching TV when my parents came home. 부모님이 집에 들어오셨을 때 나는 TV를 보고 있었다.

Pinocchio became angry.[1]

He threw a hammer at the cricket.

It narrowly missed the cricket.

The cricket jumped in fear.

In a flash, it escaped through a hole in the wall.

Pinocchio was alone, but he did not feel better.

The cricket's words stayed in his mind.

Then, he remembered his hunger.

He went outside to beg for food.

The streets were dark.

Pinocchio knocked on the door of a house.

"Please, sir, I am a hungry boy," he said.

"Can you give me some food?"[2]

☐ **throw** 던지다 (throw-threw-thrown)	☐ **alone** 혼자인
☐ **hammer** 망치	☐ **words** 말
☐ **narrowly** 아슬아슬하게, 가까스로	☐ **stay** 남다, 머무르다
☐ **miss** 빗나가다	☐ **in one's mind** ~의 생각에, 마음에
☐ **in fear** 몹시 두려워서	☐ **remember** 기억하다
☐ **in a flash** 순식간에, 눈 깜짝할 사이에	☐ **beg for** ~을 구걸하다
☐ **escape** 달아나다, 탈출하다	☐ **knock on the door** 문을 두드리다
☐ **hole** 구멍	☐ **sir** 이름을 모르는 남자에 대한 경칭

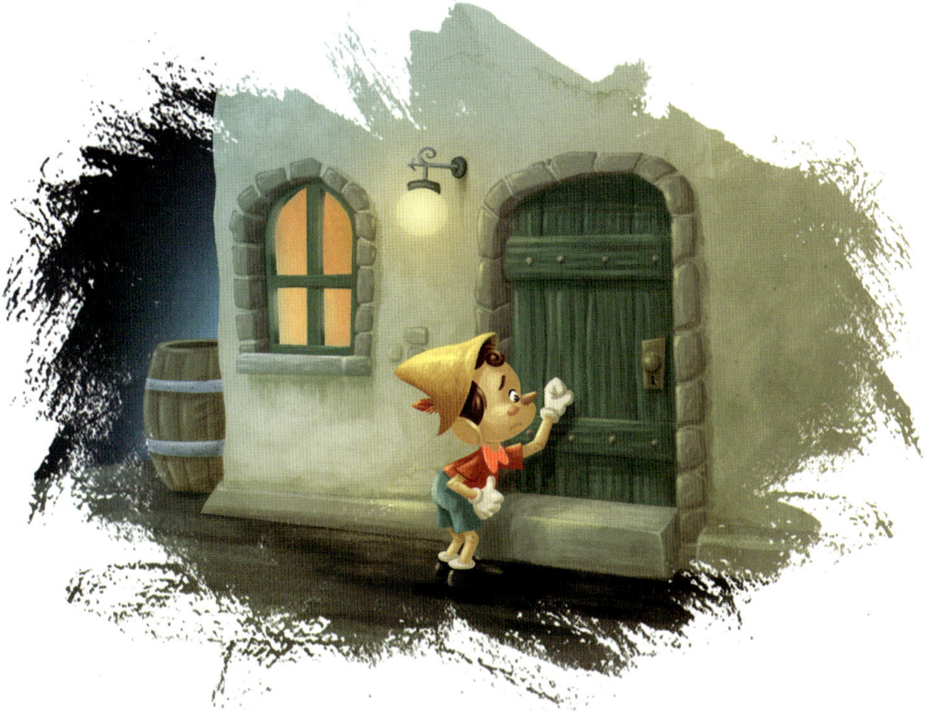

Check Up

피노키오는 귀뚜라미에게 무엇을 던졌나요?

ⓐ iron pot　　ⓑ hammer　　정답 : b

1 피노키오는 화가 났다. ➡ **become + 형용사:** ~해지다. 상태가 변해 가는 모습을 나타내는 표현이에요. become 대신에 get이나 grow도 흔히 써요.

ex He is getting strong. 그는 튼튼해지고 있다.

2 저에게 음식 좀 주시겠어요? ➡ **Can you ~?:** ~해주겠어요, 해줄 수 있나요? 부탁할 때 흔히 쓰는 표현이에요. 한편 Can I ~?는 '제가 ~해도 되나요?'로 '허락'을 구하는 표현이랍니다.

ex Can you do this for me? 날 위해 이걸 좀 해줄래?
Can I have a look at the machine? 그 기계를 한번 봐도 되나요?

The master of the house opened a window.

He dumped a bucket of cold water on Pinocchio.[1]

Now Pinocchio was hungry, cold, and wet.

Slowly, he returned home.

He started a fire.

He put his feet next to the fire. 불 옆에 두 발을 두었어.

He fell asleep.

- ☐ **dump** (와르르) 쏟아 버리다
- ☐ **bucket** 양동이, 들통
- ☐ **wet** 젖은
- ☐ **slowly** 천천히
- ☐ **return** 돌아오다
- ☐ **start a fire** 불을 붙이다
- ☐ **next to** ~ 옆에
- ☐ **fall asleep** 잠들다 (fall-fell-fallen)
- ☐ **find** 알게 되다, 발견하다 (find-found-found)
- ☐ **front door** 정문, 현관
- ☐ **locked** 잠긴
- ☐ **loudly** 큰 소리로, 소란하게

In the morning, Geppetto came home.

He found his front door locked. 앞문이 잠겨 있는 것을 발견했어.

Geppetto knocked loudly.

Pinocchio woke up.

He tried to stand up but fell over.

His feet were burned off. 일어나려 했지만 넘어졌어.

Check Up

피노키오가 음식을 구걸하자 머리에 무엇이 쏟아졌나요?

ⓐ 흙 한 양동이　　　ⓑ 찬물 한 양동이　　　정답: ⓑ

- ☐ **wake up** 잠에서 깨다 (wake-woke-woken)
- ☐ **try to** ~하려고 애쓰다 (try-tried-tried)
- ☐ **fall over** 엎어지다 (fall-fell-fallen)
- ☐ **burn off** 태워 없애다

1　그는 피노키오에게 차가운 물 양동이를 쏟았다. → water는 셀 수 없는 명사예요. 이렇게 셀 수 없는 명사는 단위를 나타내는 표현과 함께 흔히 쓰여요. 여기 나온 a bucket of water처럼요.

ex I would like to have a glass of water. 물 한 잔 주세요.

"Pinocchio, are you there?" yelled Geppetto.

"Yes, Father," replied Pinocchio.

"But I cannot walk."

Geppetto broke the door open. 문을 부수어 열었어.

He found Pinocchio on the floor.

Gently, he picked Pinocchio up.[1]

Pinocchio hugged Geppetto and cried.

"There, there," said Geppetto.

"I will make you some new feet." 새 발을 만들어 줄게.

Geppetto carved some new feet for Pinocchio.

He screwed them onto Pinocchio's legs.

Pinocchio was as good as new.[2]

- [ ] **yell** 소리치다, 고함치다
- [ ] **reply** 대답하다 (reply-replied-replied)
- [ ] **break something open** ~을 부수고 열다 (break-broke-broken)
- [ ] **gently** 부드럽게, 살며시
- [ ] **pick up** 들어 올리다
- [ ] **hug** 껴안다, 끌어안다 (hug-hugged-hugged)
- [ ] **there, there** 자, 자, 그래, 그래! (울거나 화가 난 아이를 달랠 때 쓰는 표현)
- [ ] **screw** 나사로 고정시키다, 나사
- [ ] **as good as new** 새것 같은
- [ ] **be proud of** ~을 자랑스러워 하다

"I'll be a good boy now," Pinocchio said.

"I'll go to school. You'll be proud of me."

1 그는 살며시 피노키오를 들어 올렸다. → **pick up:** 들어 올리다, 집어 올리다, 가져오다. 이렇게 동사와 부사가 만나서 새로운 의미의 동사 표현이 되는 경우가 많이 있는데요. 이때 목적어(특히 대명사 목적어)는 흔히 동사와 부사 사이에 써요.

  ex Get me off at the subway station. 지하철 역 앞에서 나를 내려 줘.

2 피노키오는 새것과 다름없었다. → **as + 형용사/부사 + as~:** ~처럼 ~한. 두 가지가 같은 정도임을 나타내는 말이에요. 특히 **as good as**는 '~와 다름없는, ~와 마찬가지인'이라는 뜻으로 관용적으로 쓰여요.

  ex The used car is as good as new. 그 중고차는 새거나 다름없다.

    She is as pretty as a Barbie doll. 그녀는 바비인형처럼 예쁘다.

Geppetto smiled.

"First, we have to buy you a schoolbook.

I don't have much money."[1]

집안을 둘러보는 제페토.

Geppetto looked around his house.

Then, he had an idea.

He left and came back in an hour. *나갔다가 한 시간 후에 돌아왔어.*

He had a new schoolbook in his hand.

"This is for you," Geppetto said. *이건 네 선물이다.*

"Thank you, Father," said Pinocchio.

□ **first** 우선, 먼저
□ **schoolbook** 교과서
□ **in an hour** 한 시간 만에
□ **coat** 외투, 코트

□ **too** 너무
□ **warm** 따뜻한, 따스한
□ **sell** 팔다 (sell-sold-sold)
□ **hug** 껴안다 (hug-hugged-hugged)

1   난 돈이 많지 않아. → **much:** 많은. 양을 나타내는 표현과 함께 쓰여요. 한편 many 는 개수를 나타내는 표현과 쓰이죠. many와 much 대신 a lot of, lots of를 쓰기도 해요. 이 표현은 양이나 수에 상관없이 쓸 수 있죠. 대화할 때는 a lot of, lots of를 더 많이 쓴답니다.

"But where is your coat?"

"Oh, it was too warm. I sold it," said Geppetto.

Pinocchio cried and hugged Geppetto.

CHAPTER TWO

Comprehension Quiz

A 다음 질문에 알맞은 대답으로 퍼즐을 완성하세요.

What did the cricket say about bad boys who run away from home?

⇨ They will become ❶ __________ and ❷ __________ will

❸ __________ at ❹ __________ .

B 다음 내용이 옳으면 T, 틀리면 F에 표시하세요.

❶ A talking beetle gave Pinocchio some advice in Geppetto's home.　T F

❷ Pinocchio killed a cricket in Geppetto's home.　T F

❸ Pinocchio cooked dinner for himself.　T F

❹ Pinocchio's feet burned off.　T F

Answers

A ❶ donkeys　❷ everyone　❸ laugh　❹ them

B ❶ F　❷ F　❸ F　❹ T

C 다음 질문에 알맞은 답을 고르세요.

❶ 제페토는 어떻게 집 안으로 들어왔나요?

  (a) He broke the door open.

  (b) He climbed through a window.

  (c) He used his key.

  (d) He used an extra key hidden in the bushes.

❷ 피노키오는 제페토에게 어떤 약속을 했나요?

  (a) He would help Geppetto work.

  (b) He would do chores around the house.

  (c) He would go to school.

  (d) He would find a job.

D 이야기 전개에 맞게 다음 문장을 다시 배열하세요.

❶ A cricket warned Pinocchio not to run away.

❷ Pinocchio ran through streets and fields.

❸ A man dumped a bucket of cold water on Pinocchio's head.

❹ Pinocchio was hungry.

__________ ⇨ __________ ⇨ __________ ⇨ __________

Answers

C ❶ (a)　　❷ (c)

D ❷ ⇨ ❹ ⇨ ❶ ⇨ ❸

Pinocchio is Fooled

피노키오, 속아넘어가다

On his way to school, Pinocchio saw a crowd of pcople. 학교 가는 길에 사람들 한 무리를 보았어.

They were lined up outside a puppet theater.

Pinocchio wanted to see the show.

He didn't have any money to buy a ticket.

He sold his schoolbook for a few coins. 표를 살 돈이 없었어.

☐ **on one's way to** ~로 가는 길에, 가는 도중에	☐ **coin** 동전, 주화
☐ **crowd** 군중, 무리	☐ **stage** 무대
☐ **line up** 줄을 서다, 줄을 이루다	☐ **audience** 관중, 청중
☐ **theater** 극장	☐ **upset** 속상한, 마음이 상한
☐ **ticket** 표, 입장권	☐ **understand** 이해하다

Pinocchio saw many puppets on a stage.

"I can dance and sing, too," he thought.

Pinocchio jumped on the stage.

The other puppets were happy to see him. 

They all stopped dancing and singing.

They gathered around Pinocchio.

The audience was upset.

They didn't understand why the show had stopped.[1]

Many people started yelling.

왜 피노키오는 학교에 가지 않았나요?

ⓐ 체포되었다.　　　ⓑ 꼭두각시 공연을 보았다.　　　정답: ⓑ

1　그들은 왜 공연이 중단됐는지 이해할 수 없었다. → **why 주어 + 동사:** ~한 이유, 왜 ~하는지. 'why 주어 + 동사'는 간접의문문이라고도 해요. 이렇게 문장 안에서 쓰이면 why 다음에 '주어 + 동사'의 순서임을 잊지 마세요.
ex That's why he was upset. 그게 그가 속상한 이유였다.

The puppet master came out.

His face was red with anger.[1]

"Why did you stop the show?" he yelled.

Pinocchio apologized and left the stage.

He joined the audience. 관중들과 자리를 함께했어.

He had forgotten all about going to school.[2]

☐ **master** 주인, 달인	☐ **continue** 계속하다, 계속되다
☐ **anger** 화, 분노	☐ **afterward** 그 후에
☐ **apologize** 사과하다	☐ **cook** 요리하다, 요리사
☐ **join** 함께하다, 합류하다	☐ **soldier** 군인, 병사
☐ **forget** 잊다, 잊어 버리다	☐ **look like** ~처럼 보이다
(forget-forgot-forgotten)	☐ **firewood** 장작

The show continued.

Afterward, Pinocchio talked with the other puppets.

The puppet master cooked his dinner.

"I need more wood for my fire," he said. 불 땔 장작이 더 필요해.

He looked at two soldier puppets.

"Bring me that new puppet.

He looks like a good piece of firewood."

The soldiers grabbed Pinocchio. 좋은 장작감 같더구나.

Pinocchio began to cry.

He remembered when his feet had burned off.

"Please don't throw me in the fire," he said.

- ☐ **feel sorry for** ~을 가엾게 여기다,
  유감스러워 하다
- ☐ **burn** 태우다
- ☐ **straight** 똑바로
- ☐ **duty** 직무, 임무
- ☐ **clear** 명확한, 분명한
- ☐ **sneeze** 재채기하다
- ☐ **feel pity** 불쌍히 여기다 (feel-felt-felt)
- ☐ **mean** 못된
- ☐ **person** 사람

The puppet master felt sorry for Pinocchio.

He told his soldiers to bring another puppet.

"No!" said Pinocchio. Don't burn him." 다른 인형을 데려오라고 말했어.

"I must have wood for my fire,"

said the puppet master.

Pinocchio stood up straight.

"Then my duty is clear.

If you must burn one of us, burn me."[1]

All the puppets cried.

Even the soldiers seemed to be sad. 병정들조차 슬픈 것 같았어.

The puppet master started to sneeze.

He sneezed when he felt pity. 동정심을 느끼면 재채기를 했어.

He really wasn't a mean person.

1   우리들 중 한 명을 불태워야 한다면 저를 태우세요. ➡ if: ~라면. 조건이나 가정
    을 나타낼 때 써요. 가정문에서는 현실적으로 불가능한 상황을 가정한다고 하면, 조건문
    은 일상생활에서 흔히 있을 수 있는 일을 표현하는 거예요. 여기서처럼 현재의 일에 대
    한 조건문은 'If + 주어 + 현재 동사, 주어 + 현재 동사'로 표현해요.
    ex If you eat a lot, you get fat. 많이 먹으면 뚱뚱해져.

"Who is your father?" the puppet master asked.

"Geppetto," said Pinocchio.

"He must be worried about me." 제 걱정을 하실 게 틀림없어요.

Suddenly, Pinocchio remembered about school.

He told the puppet master how Geppetto had sold

his coat. 제페토가 어떻게 외투를 팔았는지 얘기했어.

The puppet master felt sorry for poor Geppetto.[1]

The puppet master gave Pinocchio five gold coins.

"Give these to your father.

Now leave before I change my mind."

Pinocchio started walking home. 내 마음이 변하기 전에 지금 떠나렴.

□ **must** ~임에 틀림없다
□ **be worried about** ~에 대해 걱정하다
□ **suddenly** 갑자기, 불현듯
□ **remember** 기억하다
□ **coin** 동전
□ **leave** 떠나다 (leave-left-left)
□ **change one's mind** ~의 생각을 바꾸다
□ **start 동사-ing** ~하기 시작하다

꼭두각시 주인은 피노키오에게 무엇을 주었나요?

ⓐ 다섯 개의 금화   ⓑ 직업   ⓔ:月段

1   꼭두각시 주인은 불쌍한 제페토를 가엾게 여겼다. ➜ sorry가 '미안한'이라는 뜻이
    라고만 알고 있기 쉬운데요. '안쓰러운, 유감스러운'의 뜻으로도 흔히 쓰여요.
    ex A: My father had a car accident yesterday. 우리 아버지가 어제 차사고
        를 당하셨어.
        B: I'm sorry to hear that. 그거 안됐구나.

On the way, Pinocchio met a fox and a cat.

The fox pretended to be crippled. 여우는 다리를 저는 척했어.

The cat pretended to be blind.

☐ **fox** 여우

☐ **crippled** 불구의, 절름발이의

☐ **blind** 눈이 먼, 맹인인

☐ **ask for** ~을 요청하다, 부탁하다

☐ **stranger** 낯선 사람, 모르는 사람

☐ **show** 보여주다

☐ **wide** (눈이) 동그란, 크게 뜬

☐ **be supposed to 동사** ~하기로 되어 있다, ~해야 한다

☐ **speak** 이야기하다, 말하다 (speak-spoke-spoken)

☐ **excitedly** 흥분하여

In this way, they asked strangers for money.

Pinocchio told them he was rich.[1] 이런 식으로 모르는 사람들에게 돈을 요구했지.

"I will buy a new schoolbook," he told them.

"And a new coat for my father." 아버지께는 새 외투도 사드릴 거야.

He showed them the coins.

The cat's eyes opened wide.

Then, he remembered to close his eyes.

He was supposed to be blind.

The fox spoke excitedly.

"Would you like to make more money?"

he asked. 돈을 더 벌고 싶니?

"We can show you," said the cat.

---

1   피노키오는 그들에게 자신이 부자라고 말했다. ➡ he was rich는 앞에 that이 생략되어 있는 형태로 '그가 부자라는 것을'이라는 뜻이에요. 문장 안에서 목적어로 쓰였어요. 이렇게 that 이하의 절이 명사 역할을 할 수 있답니다.
     ex I knew that she would win the contest. 난 그녀가 대회에서 우승할 줄 알았어.

The two animals told Pinocchio about a special place.

It was called the Field of Wonders.

People put coins in the ground there. 거기서는 사람들이 땅에 돈을 넣었어.

In the morning, a tree would grow.

It wouldn't grow fruit.

Instead, it would grow gold coins. 그 나무는 대신 금화를 길러낼 거야.

"How many gold coins?" said Pinocchio.

"Well, let's say you plant one coin," said the fox.

"The tree would give you 500 gold coins." 동전 한 닢을 심었다고 해보자.

"I have five gold coins," said Pinocchio.

"So how many coins can I get?"

This was a simple math problem.

But Pinocchio had never gone to school. 피노키오는 학교에 가 본 적이 없었어.

- special 특별한
- field 들판, 밭
- wonder 경이, 경탄
- put 놓다, 두다
- instead 대신에
- let's say 예를 들면, 이를테면
- plant 심다
- simple 간단한
- math problem 수학 문제
- solve 풀다
- answer 대답하다
- times ~로 곱한

He had no idea how to solve it.[1]

The fox answered, "Well, that's simple.

Five times five hundred is twenty-five hundred."

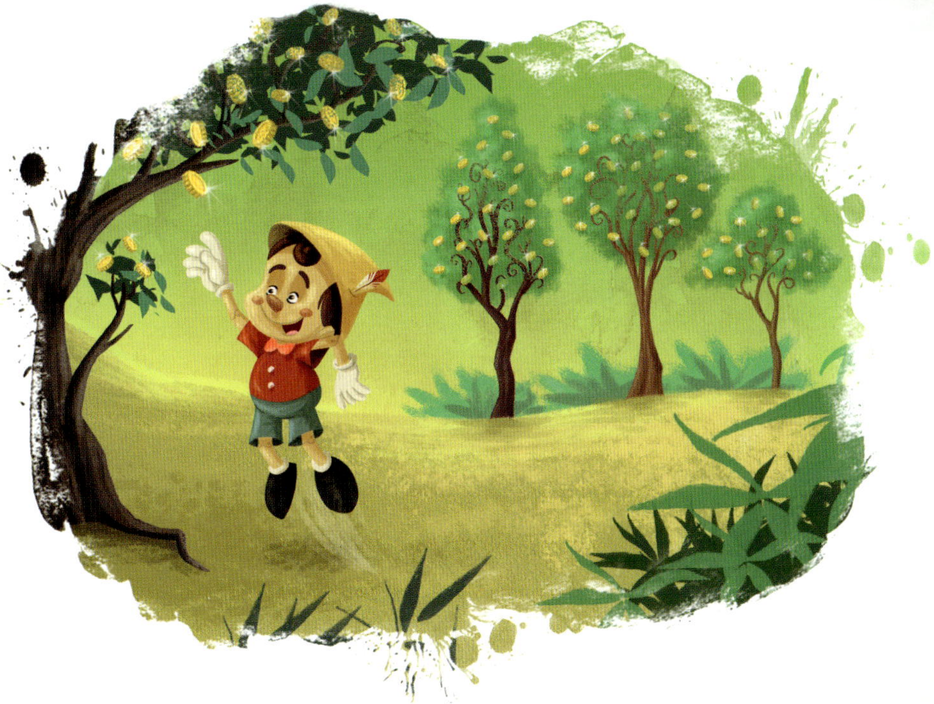

Check Up

동물들은 피노키오에게 어떤 곳에 대해 말해 주었나요?

ⓐ 꼭두각시 마을　　ⓑ 경이의 들판

정답: b

1 그는 그것을 어떻게 푸는지 알지 못했다. → **how to 동사:** ~하는 법, 방법.

ex I don't know how to fix the computer. 난 컴퓨터 고치는 법을 모른다.

"Twenty-five hundred gold coins?"
Pinocchio shouted.
"I'll be rich!"

The animals said it was a long walk.

They stopped that night at an inn. 그 날 밤 여관에 묵었어.

The fox and cat ate a lot of food.

Pinocchio paid the bill.

It cost one gold coin.

"Don't worry," said the fox.

"You can still make two thousand gold coins.

We should leave at midnight.

해가 뜨기 전에 동전을 심어야 해.

You need to plant your coins before sunrise."

Pinocchio woke up at midnight.

The fox and cat were already gone. 여우와 고양이는 이미 사라졌어.

They had left earlier.

Pinocchio started walking through the woods.

Check Up

피노키오는 왜 자신이 몇 개의 금화를 갖게 될지 알지 못했나요?

ⓐ 계산기를 가지고 있지 않았기 때문에

ⓑ 학교에 간 적이 없었기 때문에

q : 검정

Suddenly, two figures appeared.

They wore hoods over their faces. 얼굴에 두건을 썼어.

They were actually the fox and the cat.

"Give us your money!" said the fox.

Pinocchio ran, but he was not fast enough.[1]

□ **figure** 형체, 인물	□ **quickly** 빨리, 빠르게
□ **wear** 입다, 걸치다 (wear-wore-worn)	□ **wooden** 나무로 된, 목재의
□ **appear** 나타나다	□ **hang** 매달다, 걸다 (hang-hung-hung)
□ **hood** 두건	□ **upside down** 거꾸로, 뒤집혀
□ **actually** 실제로, 정말로	□ **tired** 피곤한, 지친
□ **thieves** thief(도둑, 절도범)의 복수형	□ **heavy** 무거운
□ **catch** 잡다, 붙잡다 (catch-caught-caught)	□ **plan** 계획하다

The thieves caught Pinocchio.

Pinocchio quickly put the coins in his mouth.

"Open your mouth," said the cat.

Pinocchio did not.

The animals could not open Pinocchio's wooden mouth.

"Let's hang him from his feet upside down," said the fox.

"He'll get tired, and the heavy coins will open his mouth."

The fox and cat hung Pinocchio from the tree.

They left, planning to come back later.

---

1 피노키오는 뛰었지만 그다지 빠르지 못했다. **→ 형용사/부사 + enough:** ~에 필요한 정도로, ~할 만큼. enough의 대표적인 의미는 형용사로 '충분한'이에요.

ex The room is not big enough for 4 people. 그 방은 네 명이 쓸 만큼 크지 않다.

CHAPTER THREE

Comprehension Quiz

A 피노키오를 묘사하는 표현을 모두 고르세요.

easily distracted

a serious student

cruel

diligent

brave

not very wise

B 다음 내용이 옳으면 T, 틀리면 F에 표시하세요.

❶ Pinocchio sold his schoolbook for a ticket to the puppet show.　T　F

❷ Pinocchio was very late in going to school.　T　F

❸ Pinocchio wanted the puppet master to burn another puppet.　T　F

❹ Pinocchio didn't tell anyone about his gold coins.　T　F

Answers

A　easily distracted, brave, not very wise

B　❶ T　　❷ F　　❸ F　　❹ F

C 등장인물과 대사를 바르게 연결하세요.

❶  •

 • (a) "Would you like make
    more money?"

❷ •

 • (b) "If you must burn one of us,
    burn me."

❸ •

 • (c) "Bring me a puppet to burn for
    my fire."

D 이야기 전개에 맞게 다음 문장을 다시 배열하세요.

❶ Pinocchio was hung upside down from a tree.

❷ A fox and cat met Pinocchio.

❸ Pinocchio paid the bill at an inn.

❹ The puppet master gave Pinocchio five gold coins.

_______ ⇨ _______ ⇨ _______ ⇨ _______

Answers

C ❶ (c) ❷ (b) ❸ (a)

D ❹ ⇨ ❷ ⇨ ❸ ⇨ ❶

Before You Read

피노키오는 이런저런 우여곡절을 겪으며 착한 아이가 되었어요. 이제 더 이상 학교 가기 싫어하고 거짓말을 잘하던 피노키오가 아니에요.

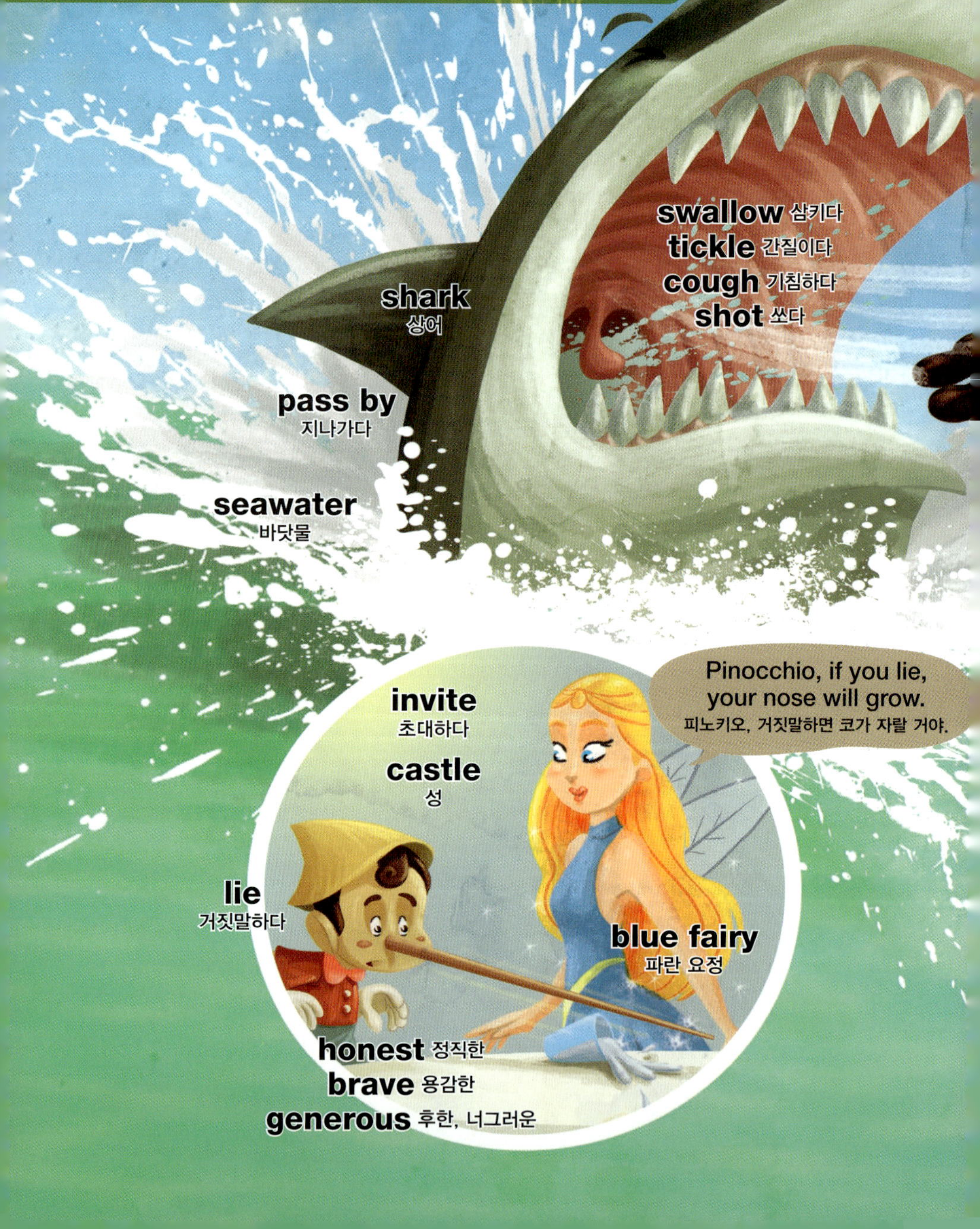

save 구하다
search 찾다
recognize 알아보다

raft 뗏목
surface 표면
get out of ~에서 나가다

It goes to the Land of Toys.
장난감 나라로 가는 거야.

look kind 친절해 보이다
evil 사악한
driver 마부
climb aboard ~에 타다
full of ~로 가득찬
wagon 마차
donkey 당나귀
leather shoes 가죽 신발

have a dream 꿈을 꾸다

In the morning, your dream will come true.
아침이면 네 꿈이 이루어질 거야.

This is what happens when boys are good.
아이들이 착하면 이런 일이 생기는 거야.

real boy 진짜 소년

Geppetto looked twenty years younger.
제페토는 20년 더 젊어 보였다.

younger 더 젊은

The Land of Toys

장난감 나라

After a while, Pinocchio heard a beautiful voice.

"Pinocchio, is that you?"

He opened one eye.

A blue fairy stood below him.

She ordered a bird to cut the rope. 새한테 밧줄을 끊으라고 명령했어.

Pinocchio fell to the ground.

"You have been a bad boy," said the fairy.

"Your poor father is waiting for you.[1]

He doesn't know where you are."

The fairy invited Pinocchio to her castle.

☐ **after a while** 잠시 후에	☐ **ground** 땅, 지면
☐ **voice** 목소리	☐ **invite** 초대하다
☐ **fairy** 요정	☐ **castle** 성
☐ **below** (~보다) 아래에	☐ **pocket** 주머니
☐ **order** 명령하다	☐ **lose** 잃다, 잃어 버리다 (lose-lost-lost)
☐ **rope** 밧줄, 로프	☐ **lie** 거짓말하다

On the way, Pinocchio put the gold coins
in his pocket.

At the castle, Pinocchio told her about the fox
and cat.

"Where are the coins now?" asked the fairy.

"I lost them," Pinocchio lied.

1   너의 불쌍한 아버지가 너를 기다리고 있어 . ➜ **be동사 + 동사 -ing:** ～하고 있다.
현재진행의 의미를 나타내요. 한편, '～할 것이다'라는 뜻으로 가까운 미래에 일어날 일
을 나타내기도 해요.

Then, something strange happened. 그때 이상한 일이 일어났어.

Pinocchio's nose grew a few centimeters.

"Where did you lose them?" asked the fairy.

"In the woods nearby," said Pinocchio. 근처 숲에서요.

☐ **happen** 일어나다, 발생하다	☐ **brave** 용감한
☐ **centimeter** 센티미터	☐ **generous** 관대한, 너그러운
☐ **nearby** 인근의, 가까운 곳에	☐ **hurry** 서두르다, 급히 하다
☐ **real** 진짜의, 실재의	☐ **fast** 빨리
☐ **honest** 정직한, 솔직한	☐ **along** ~을 따라

His nose grew longer.

The fairy laughed.

"Pinocchio, if you lie, your nose will grow.

Remember that. Also remember this:

You can only become a real boy if you are good.[1]

You must be honest, brave, and generous."

The fairy told Pinocchio to hurry home.

Pinocchio walked fast along the road.

He told himself he would be good.[2]

He would go to school.

Geppetto would be proud of him.

1   네가 착하게 굴면 진짜 소년이 될 수 있어. → 현재나 미래의 불확실한 일을 가정하
    거나 상상하는 가정법 현재 문장이에요. 'if + 주어 + 현재형 동사, 주어 + 조동사(will,
    can, may 등) + 동사원형'의 형태로 써요.
    ex If she comes, I will go swimming with her. 그녀가 오면 그녀와 수영하러
        갈 것이다.
2   그는 착해질 거라고 자신에게 말했다. → himself: 그 자신. 이렇게 me, you,
    him, her, them 등에 self 또는 selves(복수형의 경우)를 붙이면 '~자신'이라는 뜻
    이 돼요. 이것을 '재귀대명사'라고 해요. 이 문장에서처럼 목적어로 쓰일 수 있지만, 주
    어나 목적어를 강조할 때도 쓸 수 있어요.
    ex I'd like to introduce myself to you. 여러분께 제 소개를 하겠습니다.
        I made this model airplain myself. 이 모형 비행기를 내가 직접 만들었어.

"Hey, why are you running?" asked a voice.

Pinocchio saw a boy by the road.

"My name's Joseph," said the boy.

"Play with me while I am waiting."[1]

"What are you waiting for?" asked Pinocchio.

"A wagon full of boys," said Joseph.

"It comes by every midnight. 자정마다 온다고.

It goes to the Land of Toys."

Joseph told Pinocchio about this wonderful place.

Only boys lived there.

They played happily all day.

There were no schools or teachers. 학교도 선생님도 없었어.

"I promised I would go home," said Pinocchio.

But he waited with Joseph.

- voice 목소리
- by ~옆에
- wait for ~을 기다리다
- wagon (4륜) 마차
- full of ~로 가득찬
- come by 잠깐 들르다
- wonderful 멋진, 훌륭한
- happily 행복하게, 즐겁게
- all day 온종일, 하루 종일
- promise 약속하다

"I will just see you leave," Pinocchio told him.
"Then, I will go home."

1   내가 기다리는 동안 나랑 놀자. → **while**: ~하는 동안. 한편 **during**도 '~동안에' 의 뜻이지만, 쓰임은 달라요. **while**은 주로 '주어 + 동사'가 나오는 절과 함께 쓰이지만, **during**은 전치사로서 기간을 나타내는 명사(구)와 함께 쓰여요.

ex We can go and eat something while we are waiting. 우리 기다리는 동안 뭘 좀 먹자.

I am going to visit New York during the vacation. 방학 동안 나는 뉴욕에 갈 것이다.

At midnight, the wagon came.

The wagon driver looked kind.

"Hello, boys," he said. "Climb aboard."

Twenty-four donkeys pulled the wagon.

The donkeys wore leather shoes.

Many boys were in the wagon.

"Come with us," they shouted.

☐ **driver** 기사, 운전사
☐ **climb** 오르다, 올라가다
☐ **aboard** 탄, 탑승한
☐ **pull** 끌다, 당기다

☐ **leather** 가죽
☐ **vision** 환상, 상상
☐ **fill** 채우다, 채워지다
☐ **have fun** 즐기다, 재미있게 놀다

"But my father, Geppetto..." said Pinocchio.

"You will always be happy in the Land of Toys."

Visions of playing filled Pinocchio's mind. ↪ 노는 광경이 피노키오 머리에 가득찼어.

"Okay, I'm coming," he shouted.

Pinocchio jumped on the wagon.

For weeks, Pinocchio had fun. ↪ 몇 주 동안 피노키오는 재미있었어.

In the Land of Toys, everyone was happy.

Check Up

자정에 마차는 어디로 갔나요?

ⓐ 사탕 나라로　　ⓑ 장난감 나라로　　정답: b

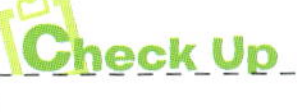

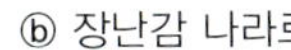

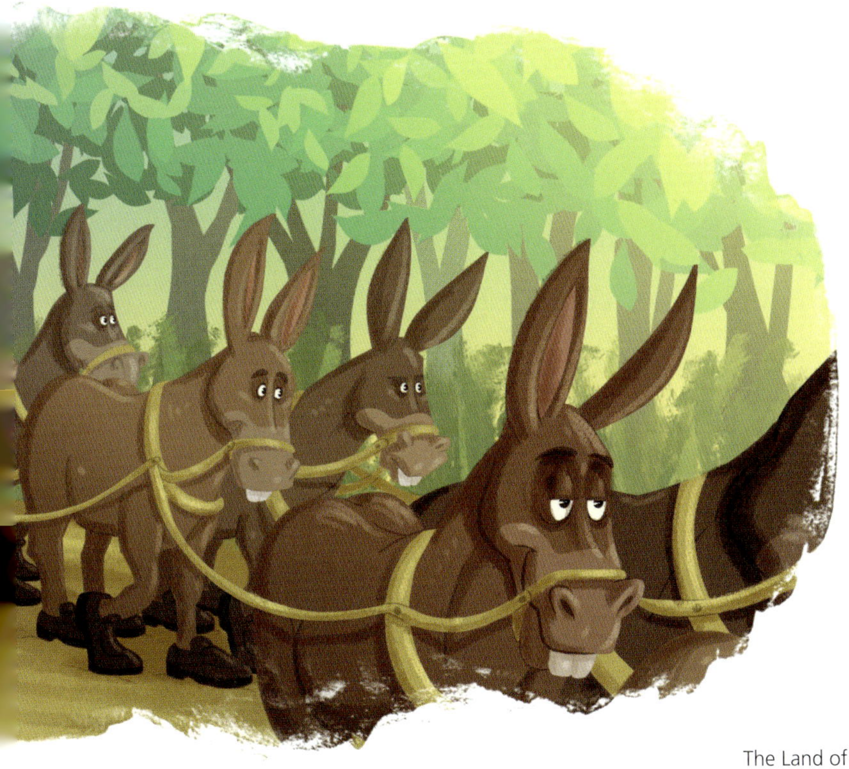

Then, one morning, Pinocchio had a surprise.[1]

He felt ears growing on his head. 머리에서 귀가 자라는 게 느껴졌어.

He looked in a mirror.

They were donkey ears.

He went looking for Joseph.

Joseph had donkey ears, too.

Soon, both boys turned into donkeys.

The wagon driver came for them. 곧 두 아이 모두 당나귀로 변했어.

He was an evil man.

- surprise 놀라움, 뜻밖의 일
- look in a mirror 거울을 보다
- look for ~을 찾다
- turn into ~로 변하다
- evil 사악한
- circus 서커스(단), 곡예단
- train 훈련받다, 교육받다
- trick 재주, 묘기
- beat 때리다 (beat-beat-beaten)
- make a mistake 실수하다 (make-made-made)

He took boys to the Land of Toys.

There, they became donkeys.

Then, the wagon driver sold them.

He sold Pinocchio to a circus.

Pinocchio was trained to do tricks. 재주를 부리도록 훈련 받았어.

He was beaten if he made a mistake.

1 그러던 어느 날 아침, 그에게 놀라운 일이 일어났다. → **have a surprise:** 놀라다.
be surprised와 같은 의미예요. surprise라는 하나의 동사만으로 표현할 수도 있지
만 이렇게 '동사 + 명사'의 형태로도 쓸 수 있어요. 예를 들어 look at도 have/take
a look at처럼 표현할 수 있어요.
ex She dreamed. = She had a dream. 그녀는 꿈을 꾸었다.

Pinocchio tried to talk to the audience.

He wanted to say, "Help me.

I'm not a real donkey. I'm just a boy."

But all he could say was, "Hee-haw! Hee-haw!"[1]

The audience pointed and laughed at him. 관중들이 피노키오에게 손가락질하며 웃어댔어.

Pinocchio remembered the talking cricket.

"I should have listened,"[2] he thought.

During a show, Pinocchio hurt his leg.

The circus manager sold him.

His new owner made musical instruments.

He used donkey skin to make drums. 북을 만드는 데 당나귀 가죽을 썼어.

He took Pinocchio to his workshop.

It was on a cliff over the sea.

Pinocchio didn't want to become a drum!

He broke free and jumped off the cliff into

the sea. 도망쳐서 절벽에서 뛰어내려 바다에 빠졌어.

☐ **point** 가리키다	☐ **drum** 북, 드럼
☐ **manager** 매니저, 관리자	☐ **workshop** 작업장
☐ **owner** 소유주, 주인	☐ **cliff** 절벽
☐ **musical instrument** 악기	☐ **break free** 도망치다, 탈주하다
☐ **skin** 피부, (동물의) 껍질, 가죽	(break-broke-broken)

피노키오에게 무슨 일이 일어났나요?
ⓐ 그는 서커스 당나귀가 되었다.
ⓑ 그는 북으로 변했다.

1 하지만 그가 할 수 있는 말이라고는 "히-하! 히-하!"밖에 없었다. ➔ **all he could say**: 그가 말할 수 있었던 전부는. (that) he could say가 all을 꾸며 주는 형태예요. he could say 앞에 that이 생략된 형태로 이 that절이 형용사 역할을 하고 있어요.

2 내가 말을 잘 들었어야 했는데. ➔ **should have + 과거분사**: ∼했어야 했다. 과거에 하지 않았던 일에 대한 후회나 원망을 나타내요.
  ex You should have studied for the math test. 넌 수학시험에 대비해 공부했어야 했어.

A 다음 질문에 대한 답으로 퍼즐을 완성하세요.

What did the fairy say to Pinocchio?

⇨ She said, "If you ❶ __________, your ❷ __________ will

❸ __________."

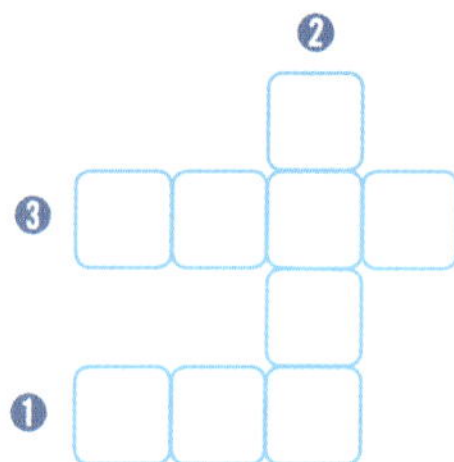

B 다음 내용이 옳으면 T, 틀리면 F에 표시하세요.

❶ Pinocchio's nose grew when he told a lie. T F

❷ Boys lived happily forever in the Land of Toys. T F

❸ Six huge black horses pulled the wagon. T F

❹ Pinocchio's ears turned into donkey ears. T F

Answers

A ❶ lie ❷ nose ❸ grow
B ❶ T ❷ F ❸ F ❹ T

C 다음 질문에 알맞은 답을 고르세요.

❶ 소년들이 마차에 타라고 했을 때 피노키오는 맨 처음 어떤 기분이 들었나요?

(a) Unsure   (b) Ashamed   (c) Confident   (d) Proud

❷ 사악한 마부는 당나귀들을 어떻게 했나요?

(a) He made them work in a mine.

(b) He sold them.

(c) He gave them to a wicked wizard.

(d) He gave them to his master, a hungry giant.

D 이야기 전개에 맞게 다음 문장을 다시 배열하세요.

❶ Pinocchio jumped off a cliff into the sea.

❷ Pinocchio took a wagon ride to The Land of Toys.

❸ Pinocchio was sold to a circus.

❹ Pinocchio met a boy named Joseph.

______ ⇨ ______ ⇨ ______ ⇨ ______

Answers

C ❶ (a)   ❷ (b)

D ❹ ⇨ ❷ ⇨ ❸ ⇨ ❶

Saved by a Shark

상어에게 구조되다

The seawater changed Pinocchio.

He became a puppet again.

However, he was not saved.

A huge shark was passing by.[1]

It swallowed Pinocchio whole. 피노키오를 통째로 삼켰어.

The shark's stomach was very big.

It was dark, cold, and wet.

Pinocchio thought he would die.

"Who's there?" said a familiar voice.

Pinocchio recognized that voice. 피노키오는 그 목소리를 알아챘어.

- save 구하다
- seawater 바닷물, 해수
- huge 거대한, 엄청난
- shark 상어
- pass by 지나가다
- swallow 삼키다
- whole 한 덩어리로, 통째로
- die 죽다
- familiar 익숙한, 친숙한
- recognize 알아보다, 알다
- search 찾아보다, 살펴보다
- anywhere 어디에서도

"Father!" shouted Pinocchio.

Geppetto was in the shark's stomach, too.

Geppetto told Pinocchio his story.

He worried when Pinocchio didn't come home.

Geppetto searched in many places.

He couldn't find Pinocchio anywhere.

Check Up

피노키오는 제페토를 어디에서 만났나요?

ⓐ 상어 뱃속에서　　ⓑ 해저동굴에서　　정답 : ⓐ

1 거대한 상어가 지나가고 있었다. ➡ was/were + 동사-ing: ~하고 있었다. 과거에 진행되고 있던 일을 표현해요. '과거진행' 시제예요.

ex They were listening to music while the others were dancing. 다른 사람들이 춤을 추는 동안 그들은 음악을 듣고 있었다.

Finally, Geppetto took a ship.

He thought Pinocchio was across the ocean.

피노키오가 바다 건너편에 있는 줄 알았어.

The ship sank in a storm.

Geppetto was swallowed by the shark.

"Don't worry, Father," said Pinocchio.

"I will get us out of here." 우리가 여기서 나갈 수 있게 하겠어요.

Pinocchio found some wood.

☐ **take** 타다
☐ **ship** 배
☐ **sink** 가라앉다, 빠지다 (sink-sank-sunk)
☐ **storm** 폭풍(우)
☐ **get out of** ~에서 나오다
☐ **raft** 뗏목(배)

☐ **tickle** 간질이다, 간지럼을 태우다
☐ **cough** 기침하다
☐ **shoot** 쏘다, 잽싸게 움직이다, 움직이게 하다 (shoot-shot-shot)
☐ **surface** 수면
☐ **sail** 항해하다, 나아가다

He made a raft.

Then, he tickled the shark's stomach.

The shark started laughing.

Then, it coughed.

Out came Geppetto and Pinocchio.[1]

Their raft shot them to the ocean's surface.

They sailed home.

---

1 제페토와 피노키오가 밖으로 나왔다. → 원래는 Geppetto and Pinocchio come out.에서 out이 문장의 앞으로 가면서 주어와 동사의 위치가 바뀌었어요. 이런 문장을 '도치문'이라고 해요. 문장 끝에 있는 부사나 형용사를 강조하기 위해 문장 앞으로 오게 하면, 주어와 동사의 자리도 바뀐답니다.

ex Here is the bus coming. 여기 버스가 오고 있어.

Geppetto was old and sick.

Pinocchio took care of him. 피노키오가 돌봐 드렸어.

During the day, he went to school.

In the evenings, he worked hard.

He learned how to make baskets. 바구니 만드는 법을 배웠어.

He sold the baskets for a few coins each.

- ☐ **take care of** ~을 돌보다
  (take-took-taken)
- ☐ **during** ~ 동안
- ☐ **learn** 배우다
- ☐ **a few** 몇 개의

- ☐ **basket** 바구니
- ☐ **each** 각각
- ☐ **have a dream** 꿈꾸다
- ☐ **generous** 너그러운
- ☐ **come true** 이루어지다, 실현되다

One night, Pinocchio had a dream.

The blue fairy came to him.

"You have been honest, brave, and generous.

In the morning, your dream will come true."

Pinocchio woke up.

Check Up

피노키오는 저녁마다 무엇을 만들었나요?

ⓐ 꼭두각시 인형　　　ⓑ 바구니　　　정답: q

The sun shone brightly through the window.

Pinocchio looked in a mirror.

He was a real boy.

"Father, Father, look!" he shouted.

"I am a real boy."

Geppetto laughed and clapped his hands.

Geppetto looked twenty years younger.

"The blue fairy changed you, too," said
Pinocchio.

"This is what happens when boys are good,"[1]
said Geppetto.

Their houses are filled with happiness.

- shine 빛나다, 비추다 (shine-shone-shone)
- brightly 밝게, 환히
- through ~을 통해, ~사이로
- real 실제의, 진짜의
- clap one's hands 손뼉 치다, 박수 치다 (clap-clapped-clapped)
- be filled with ~로 가득차다
- happiness 행복

---

1   이것이 소년이 착하면 일어나는 일이야. ➜ what + 동사: ~하는 것.

     ex This is what makes me happy. 이것이 날 행복하게 해주는 것이야.

A 집으로 돌아온 피노키오에 대해 묘사한 표현을 모두 고르세요.

honest

foolish

lazy

brave

sick

generous

B 다음 내용이 옳으면 T, 틀리면 F에 표시하세요.

❶ The blue fairy rescued Pinocchio from the shark's stomach.　T　F

❷ Geppetto was also in the shark's stomach.　T　F

❸ Pinocchio built a raft in the shark's stomach.　T　F

❹ Pinocchio became a real boy.　T　F

Answers

A honest, brave, generous

B ❶ F　❷ T　❸ T　❹ T

80

 다음 질문에 알맞은 답을 고르세요.

① 집으로 돌아온 제페토는 상태가 어땠나요?

(a) Old and sick

(b) Angry and bitter

(c) Confused and sad

(d) Young and energetic

② 피노키오의 꿈에 누가 나왔나요?

(a) The puppet master

(b) The wagon driver

(c) The fox and cat

(d) The blue fairy

D 이야기 전개에 맞게 다음 문장을 다시 배열하세요.

① Pinocchio became a good son to Geppetto.

② Pinocchio found Geppetto.

③ Pinocchio's dream came true.

④ Pinocchio built a raft.

________ ⇨ ________ ⇨ ________ ⇨ ________

Answers

C **①** (a)   **②** (d)

D **②** ⇨ **④** ⇨ **①** ⇨ **③**

권말부록

독해 길잡이 | 리스닝 길잡이

독해 길잡이

영문 독해력 증강을 위한 영어의 **뼈대 읽기 연습**

독해를 잘하기 위한 첫 관문은 영어 문장의 구조를 잘 이해하는 것입니다.
아무리 복잡해 보이는 문장이라도 기본 뼈대만 알면 문제없이 해결할 수 있습니다.
영어 문장은 주로 어떤 형태로 이루어지는지 알아봅시다.

"영문의 골격은 생각보다 간단하다"
모든 영어 문장은 주어와 동사로 이루어져 있습니다. 문장이 아무리 길고 복잡해도 그 뼈대는 [주어+동사]이며, [보어]와 [목적어]는 주어와 동사를 보강해 주는 역할을 하죠. 나머지 수식어나 수식절, 부사 등은 모두 기본문장을 꾸미는 엑스트라라고 생각하면 영문을 읽기가 한결 쉬워질 것입니다.

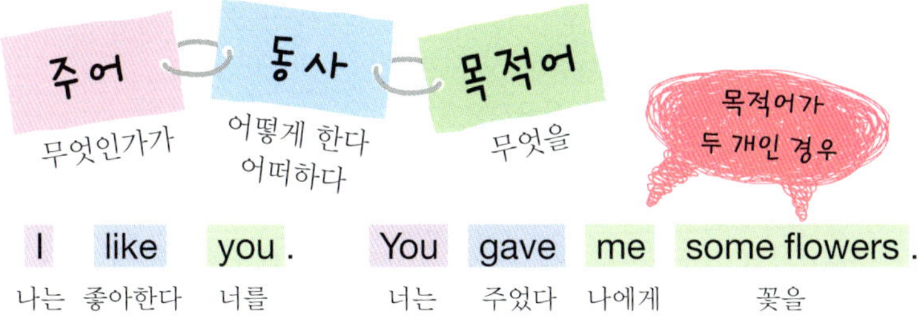

주어   동사   목적어   목적어가 두 개인 경우
무엇인가가   어떻게 한다   무엇을
              어떠하다

I like you .   You gave me some flowers .
나는 좋아한다 너를   너는 주었다 나에게   꽃을

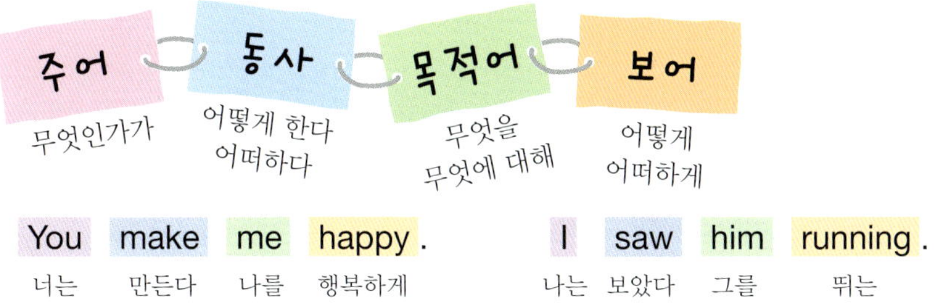

주어   동사   목적어   보어
무엇인가가   어떻게 한다   무엇을   어떻게
              어떠하다   무엇에 대해   어떠하게

You make me happy .   I saw him running .
너는 만든다 나를 행복하게   나는 보았다 그를   뛰는

But Pinocchio was not a good little boy.
하지만 피노키오는 ~이었다 아닌 좋은 작은 소년이

He kicked his father and ran outside.
그는 찼다 그의 아버지를 그리고 달렸다 밖으로

Pinocchio ran down the street.
피노키오는 달렸다 길을 따라서

Geppetto ran desperately after him.
제페토는 뛰었다 필사적으로 그의 뒤에서

"Stop him! Stop him!" he shouted.
"멈춰세워요 그를! 멈춰세워요 그를!" 그가 소리쳤다

People looked at the funny old man.
사람들이 보았다 그 우스운 노인을

They saw him chasing a puppet.
그들은 보았다 그가 뒤쫓는 것을 인형을

Many people laughed very hard.
많은 사람들이 웃었다 매우 크게

Finally, a policeman saw Pinocchio.
마침내 경찰관이 보았다 피노키오를

He grabbed Pinocchio's long nose.
그는 잡았다 피노키오의 긴 코를

He gave Pinocchio back to Geppetto.
그는 주었다 피노키오를 다시 제페토에게

Geppetto grabbed Pinocchio's neck.
제페토는 잡았다 피노키오의 목을

He shook the puppet roughly.
그는 흔들었다 그 인형을 거칠게

"We're going home now," Geppetto said.
"우리는 ~갈 거야 집으로 지금" 제페토가 말했다

"Then, I will teach you to behave."
그런 다음 나는 ~할 것이다 가르치다 너에게 행실을 바르게 하는 것을

Pinocchio started to cry.
피노키오는 시작했다 울기를

Many people gathered around.
많은 사람들이 모였다 주위에

"Geppetto is being cruel," said one.
제페토는 ~이다 잔인한" 말했다 한 사람이

"He will beat that poor boy," said another.
"그는 ~할 거야 때리다 그 불쌍한 소년을" 말했다 또 다른 사람이

The policeman grabbed Geppetto's arm.
경찰관이 잡았다 제페토의 팔을

"I'm going to put you in jail," said the policeman.
"나는 ~할 것입니다 넣다 당신을 감옥에 말했다 경찰관이

"You are too angry right now.
"당신은 ~입니다 너무 화난 지금 당장

You might hurt that poor boy.
당신은 ~할지 모른다 다치게 하다 저 가엾은 소년을

I will let you go in the morning."
나는 ~할 것이다 ~하게 하다 너를 가다 아침에

The policeman took Geppetto to jail.
경찰관은 데려갔다 제페토를 감옥으로

리스닝 길잡이

이제는 CD를 가지고 〈피노키오〉를 귀로 즐겨 봅시다. 영문을 들을 때에는 아래의 듣기 요령과 함께 영어의 특징적인 발음 현상 몇 가지만 알고 있으면 훨씬 쉽게 알아들을 수 있습니다.

첫째 영어의 리듬을 타세요.

우리말은 각 글자가 모두 한 박자씩이라면 영어는 절대 그렇지 않습니다. 영어는 발음이 강한 부분과 약한 부분이 연속되면서 리듬을 만들어 냅니다. 즉 단어마다 있는 강세가 문장의 강세가 되어 각 문장마다 고유한 리듬을 만들어 나가게 되는 것입니다. 따라서 영어를 말하거나 들을 때 영어의 리듬을 타는 것은 필수적입니다. 이 리듬이 몸에 익으려면 연습이 많이 필요합니다. 우선 각 단어의 강세가 어디에 있는지 파악하는 것부터 시작합시다.

둘째 강하게 들리는 말 위주로 들으세요.

영어에서는 의미를 전달히는 데 중요한 역할을 하는 단어나 표현을 강하게 발음합니다. 따라서 크게 들리는 말부터 신경 쓰세요. 영어를 처음 들을 때는 모든 단어를 다 듣는 것보다는 자기가 듣는 말이 무슨 의미인지 파악하는 것이 우선입니다. 작게 들리는 말은 대부분 관사나 조동사 등 전체 내용에서 주요한 역할을 하지 못하는 것입니다. 지금 단계에서는 무시하셔도 좋습니다.

셋째 이어지는 말에 주의하세요.

영어는 눈으로 볼 때는 단어들이 각각 떨어져 있어 문제 없지만 들을 때는 사정이 달라집니다. 우리말과 마찬가지로 영어도 앞뒤 단어의 음이 합쳐지는 경우가 많습니다. 예를 들어 '옷을 벗다'의 의미인 take off는 [테이크 어프]가 아니라 [테이커프]처럼 한 단어같이 들리게 됩니다. 이런 것을 '연음 현상'이라고 하지요.

★ 이제 영어 리스닝에서 주의해야 할 매우 기초적인 사항을 알게 되었습니다.

나도 미국인 성우! 섀도잉 하기

이번에는 영어를 들으면서 한 가지 재미있는 연습을 해봅시다.

섀도잉(shadowing)이라는 것입니다. shadow가 '그림자'란 의미이죠?

이 단어가 동사로는 '그림자처럼 따라다니다'라는 뜻으로 쓰입니다.

바로 테이프에서 성우가 하는 말을 몇 박자 뒤에 그대로 따라하는 것이지요.

성우가 말하는 속도, 그리고 힘을 주는 부분, 약하게 읽는 부분, 말을 멈추는 부분을

앵무새처럼 똑같이 따라해 보세요.

자기도 모르는 사이에 영어 말하기와 듣기 실력이 쑥쑥 늘어날 것입니다.

이 방법은 전문가들 사이에서도 효과가 입증되어 있답니다.

물론 각각의 어구와 문장들이 무슨 뜻인지 생각하면서 읽으셔야겠죠.

1단계 자기가 따라할 수 있는 부분까지 듣고 CD를 멈춘다.
그리고 큰 소리로 따라한다.

2단계 자기가 따라할 수있는 부분까지 듣고 큰 소리로 따라한다.
소리내어 말하는 동시에 CD에서 나오는 소리를 들으며 돌림노래 부르듯
따라한다.

3단계 1, 2단계 때보다 조금씩 더 많이 들으며 섀도잉한다.

즐거운 리스닝 연습

Pinocchio

CHAPTER ONE : page 12

This (❶   ) is about an unusual boy. Why was he so unusual? He (❷   ) begin life as a normal baby. He was made by a poor carpenter. The carpenter's name was Geppetto. Geppetto (❸   ) carve toys from wood. One day, Geppetto began a new project.

❶ **story** [ㅅ또뤼] s 다음에 p, t, k 음이 오면 된소리로 발음되는 경향이 있어요.

❷ **did not** [딛(ㄷ)낫] did는 '디드'가 아니에요. 마지막 -d가 앞 모음의 받침인 것처럼 발음해야 자연스러워요. 부정어 not을 더 강하게 읽는 데 주의하세요.

❸ **liked to** [라잌투] liked는 [라잌ㅌ]예요. 따라서 liked의 -ed/t/와 to의 t-가 이어져 있어요. 이렇게 같은 음이 연속되면 영어에서는 한 번에 묶어서 발음하는 경향이 있어요. 이 현상은 한 단어 안에서도 일어나는데, 예를 들어 summer는 '썸머'가 아니라 [써머]처럼 발음해요.

CHAPTER TWO : page 24

Pinocchio jumped up. His tears were gone. He felt joyful

and free. He (❶   ) running. He ran through streets and fields. Finally, he (❷   ) Geppetto's house. Pinocchio's stomach felt strange. "This (❸   ) hunger," he thought.

❶ **started** [ㅅ**따**륃] 여기서 두 번째 t는 /r/음이 되었어요. 미국영어에서만 일어나는 현상이에요. 모음 사이에 있는 t 또는 -tt-, 그리고 'rt+모음'에서 t는 /r/음이 돼요.

❷ **arrived at** [어**롸**이ㅂㄷ앳/어**롸**이ㅂ댓] 두 단어는 흔히 연음돼요. 다시 말해서, arrived의 -d음과 at이 붙어 버리는 거예요. 이렇게 연음이 되면 두 단어가 한 단어처럼 들려요. 우리가 영어를 들을 때 가장 헷갈리게 하는 요소가 바로 연음이랍니다.

❸ **must be** [**머**ㅅ(ㅌ)비] must의 -st와 be의 b가 이어지면서 자음 3개가 연속되었어요. 이런 경우 가운데 자음은 생략되기 쉬워요.

CHAPTER THREE : page 38

On his way to school, Pinocchio saw a (❶   ) people. They were lined up outside a puppet theater. Pinocchio (❷   ) see the show. He didn't have any money to buy a (❸   ). He sold his schoolbook for a few coins.

❶ **crowd of** [ㅋ**라**우더ㅂ] 두 단어는 연음돼요. 영어는 의미상 중요한 단어에 확실하게 강세를 주는 반면, 그다지 중요하지 않은 단어는 약하고 빠르게 발음하는 경향이 있어요. 명사, 동사, 형용사 등은 대부분 강하게 읽지만, 관사, 접속사, 전치사 등은 그 반대예요. of도 약하게 발음하는 경우가 많답니다.

❷ **wanted to** [**원**티ㄷ/**워**니투] wanted의 마지막 d와 이어지는 t는 한 번에 발음돼요. 같거나 비슷한 음이 연속해서 오면 한 번에 발음하기 때문이에요. 또한 wanted는 [**워**니ㄷ]예요. n 다음에 t가 오면 t음이 흔히 생략된답니다. 단, 강조해서 발음하는 경우에는 그대로 [**원**티ㄷ]로 발음해요.

❸ **ticket** [**티**킷] ticket은 '티켓'이 아니에요. 우리가 흔히 쓰는 외래어나 외국어의 발음과 원 발음이 상당히 틀린 경우가 많아요. 아는 단어라 생각해서 발음까지 쉽게 생각하기 쉬운데, 이렇게 예상과 다른 발음이 리스닝에 걸림돌이 될 수 있으니 유의하세요.

CHAPTER FOUR : page 58

After a while, Pinocchio (❶) beautiful voice.
"Pinocchio, is that you?" He opened one eye. A blue fairy
stood (❷) him. She ordered a bird to cut the rope.
Pinocchio fell to the ground. "You have been a (❸),"
said the fairy. "Your poor father is waiting for you."

❶ **heard a** [**하**ㄹ더] 두 단어는 연음돼요. 이렇게 연음되면 두 단어가 한 단어처럼 들리고, 특히 a와 같이 의미상 중요하지 않은 단어는 약하게 발음되어 놓치기 쉬워요.

❷ **below** [빌로우/블로우] below는 2음절에 강세가 있어요. 이런 경우 앞의 음절은 상대적으로 더 약하게 들려요. be-는 /브/로 들리기도 해요. 영어에서는 발음 못지 않게 강세가 중요하다는 것, 잘 알아두세요.

❸ **bad boy** [밷보이] bad는 '배드'가 아니에요. d를 앞 모음의 받침처럼 발음해야 자연스러워요.

CHAPTER FIVE : page 72

> The (❶   ) changed Pinocchio. He became a puppet again. However, he was not saved. A huge shark was passing by. It swallowed Pinocchio whole. The shark's stomach was very big. It was dark, cold, and wet. Pinocchio thought he (❷   ) die.

❶ **seawater** [씨워뤄] t는 모음 사이에 있으면서 /r/로 발음되었어요.

❷ **would** [웃/우] would는 조동사로, 동사에 비해 비중있는 단어는 아니지요. 이런 경우 발음이 매우 약해져요. 짧게 [웃]이나 [우]처럼 발음되기 쉽답니다. 참고로, 조동사 could도 [쿳]이나 [쿠]로 가볍게 소리 내요.

A 다음을 듣고 옳은 단어를 고르세요.

1. Pinocchio pinched Geppetto's (toes / nose).

2. He (shook / took) the puppet roughly.

3. He (wheezed / sneezed) when he felt pity.

4. The wagon (diver / driver) came for them.

5. He learned how to make (rackets / baskets).

B 다음을 듣고 빈칸을 채운 후, 내용이 옳으면 T, 틀리면 F에 표시하세요.

1. Pinocchio _____________ his father and ran outside.　T　F

2. The cricket escaped through a _____________ in the wall.　T　F

3. Pinocchio's _____________ burned off in the fire.　T　F

4. The cat was really _____________.　T　F

5. Geppetto _____________ for Pinocchio in many places.　T　F

Answers

A　1 nose　2 shook　3 sneezed　4 driver　5 baskets

B　1 Pinocchio tickled his father and ran outside. (F)

　2 The cricket escaped through a hole in the wall. (T)

　3 Pinocchio's hands burned off in the fire. (F)

　4 The cat was really blind. (F)

　5 Geppetto searched for Pinocchio in many places. (T)

 다음 질문을 듣고 알맞은 답을 고르세요.

❶ ____?

   (a) It would bring fortune.

   (b) It was a funny.

   (c) It was better for a girl.

❷ ____?

   (a) He would become a donkey.

   (b) He would be rich and famous.

   (c) Geppetto would beat him.

❸ ____?

   (a) Pinocchio was too dumb to learn any tricks.

   (b) The audience didn't like Pinocchio.

   (c) Pinocchio hurt his leg.

❹ ____?

   (a) fire

   (b) the Land of Toys

   (c) seawater

Answers

C ❶ What did Geppetto think about the name "Pinocchio"? (a)

    ❷ What did the cricket tell Pinocchio? (a)

    ❸ Why did the circus master sell Pinocchio? (c)

    ❹ What changed Pinocchio from a donkey into a puppet? (c)

전문 번역

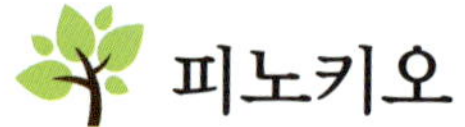

피노키오

[제 1 장] 한 인형 이야기

p. 12-13　이 이야기는 특이한 소년에 대한 것이다. 그가 왜 그렇게 특이했냐고? 그는 평범한 아기로 삶을 시작하지 않았다. 그는 가난한 목수에 의해 만들어졌다. 그 목수의 이름은 제페토였다. 제페토는 나무로 장난감을 깎아 만드는 것을 좋아했다. 어느 날, 제페토는 새로운 일을 시작했다. 그는 멋진 인형을 만들고 싶었다. 그것은 작은 소년처럼 보일 것이었다. "나는 그 애를 피노키오라고 부를 거야." 그는 생각했다. "그건 좋은 이름이야. 그것은 우리에게 행운을 가져다 줄 거야. 우리는 함께 사람들을 즐겁게 해줄 거야."

p. 14-15　제페토는 머리부터 조각하기 시작했다. 그는 머리카락, 이마 그리고 눈을 조각했다. 눈이 제페토를 따라 움직이는 것 같았다. "아, 내가 점점 늙는구나." 그가 생각했다. "내가 상상을 하고 있네." 다음에 제페토는 코를 깎았다. 코가 더 길어졌다. 제페토는 코를 잘랐다. 코가 다시 자랐다. 제페토는 포기했다. 그는 입을 조각하기 시작했다. 곧바로, 입술이 움직였다. "아, 그거 간지럽네." 피노키오가 말했다. "내가 미쳐가는 건가?" 제페토는 생각했다. 그 노인은 들리지 않는 척했다. 그는 팔, 몸통, 그리고 다리를 끝마쳤다.

p. 16-17　갑자기 인형이 기지개를 폈다. 피노키오는 제페토의 코를 꼬집었다. 제페토는 이걸 무시할 수는 없었다. "너 살아 있구나!" 제페토가 외쳤다. "물론이죠." 피노키오가 말했다. "저를 만드셨잖아요." 그러고 나서 피노키오가 일어나서 춤추기 시작했다. 제페토는 결심했다. "그만해, 피노키오. 지금은 춤출 시간이 아니야. 내가 널 내 아들로 입양하겠다. 내일 난 널 학교에 보낼 거야. 넌 착한 소년이 되어야 해."

p. 18-19　하지만 피노키오는 착한 소년이 아니었다. 그는 아버지를 발로 차고 밖으로 뛰어나갔다. 피노키오는 거리를 따라 뛰어갔다. 제페토는 필사적으로 그를 뒤쫓았다. "그를 멈춰세워요! 그를 멈춰세워요!" 그는 소리쳤다. 사람들은 그 우스운 노인을 쳐다보았다. 그들은 그가 인형을 뒤쫓는 것을 보았다. 많은 사람들은 엄청 웃었다. 마침내 경찰이 피노키오를 보았다. 그는 피노키오의 긴 코를 잡았다. 그는 피노키오를 제페토에게 돌려 주었다.

p. 20-21　제페토는 피노키오의 목을 잡았다. 그는 그 인형을 거칠게 흔들었다. "우린 이제 집에 갈 거야." 제페토가 말했다. "그러고 나서 내가 널 바르게 행동하도록 가르치겠어." 피노키오는 울기 시작했다. 많은 사람들이 모여들었다. "제페토는 잔인하게 굴고 있어." 한 사람이 말했다. "그는 저 불쌍한 소년을 때릴 거야." 또 다른 사람이 말했다. 경찰은 제페토의 팔을 붙잡았다. "난 할아버지를 감옥에 넣을 겁니다." 경찰이 말했다. "할아버지는 지금 너무 화가 나셨어요. 할아버지는 저 불쌍한 소년을 해칠 수 있어요. 아침에 보내 드리지요." 경찰은 제페토를 감옥으로 데리고 갔다.

p. 24-25 피노키오는 깡충깡충 뛰었다. 그의 눈물은 사라졌다. 그는 기쁘고 자유로웠다. 그는 뛰기 시작했다. 그는 거리와 들판으로 뛰어다녔다. 마침내, 그는 제페토의 집에 도착했다. 피노키오의 배가 이상했다. "이게 배고픔인 게 틀림없어." 그가 생각했다. 그는 부엌을 둘러보았다. 먹을 것이 없었다. 이제 밖은 어두웠다. 피노키오는 배도 고프고 외롭기도 했다. "귀뚤귀뚤." 벽에 있던 귀뚜라미가 말했다. "누구야?" 피노키오가 말했다. "나야, 말하는 귀뚜라미." 그 곤충이 말했다. "난 여기에서 평생 살았어."

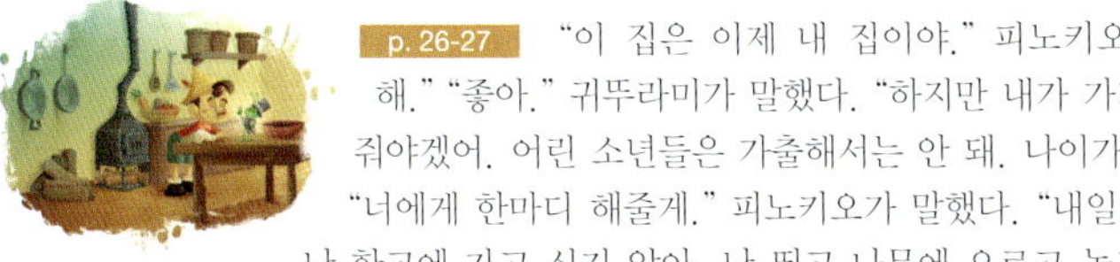

p. 26-27 "이 집은 이제 내 집이야." 피노키오가 말했다. "네가 떠났으면 해." "좋아." 귀뚜라미가 말했다. "하지만 내가 가기 전에, 너에게 사실을 말해 줘야겠어. 어린 소년들은 가출해서는 안 돼. 나이가 더 들면 후회하게 될 거야." "너에게 한마디 해줄게." 피노키오가 말했다. "내일 아침 난 이 집을 떠날 거야. 난 학교에 가고 싶지 않아. 난 뛰고 나무에 오르고 놀고 싶어." 귀뚜라미는 한숨을 쉬었다. "그러면 넌 당나귀가 될 거야. 모두 너를 비웃을 거야."

p. 28-29 피노키오는 화가 났다. 그는 귀뚜라미에게 망치를 던졌다. 그것은 귀뚜라미를 아슬아슬하게 비껴갔다. 귀뚜라미는 무서워서 펄쩍 뛰었다. 순식간에 귀뚜라미는 벽에 있는 구멍으로 도망갔다. 피노키오는 혼자였지만 기분이 나아지지는 않았다. 귀뚜라미의 말이 그의 마음에 남아 있었다. 그러고 나서, 그는 자신이 배고프다는 것을 기억했다. 그는 먹을 것을 구걸하기 위해 밖으로 나갔다. 거리는 어두웠다. 피노키오는 어느 집의 문을 두드렸다. "저기요, 저는 배고픈 소년이에요." 그가 말했다. "저에게 음식 좀 주시겠어요?"

p. 30-31 집주인은 창문을 열었다. 그는 피노키오에게 차가운 물 한 양동이를 쏟았다. 이제 피노키오는 배고프고 춥고 물에 젖었다. 천천히 그는 집으로 돌아왔다. 그는 불을 피웠다. 그는 불 옆에 자신의 발을 두었다. 그는 잠이 들었다. 아침에 제페토가 집에 왔다. 그는 현관이 잠겨 있는 것을 발견했다. 제페토는 시끄럽게 노크했다. 피노키오가 잠에서 깨었다. 그는 일어서려 했지만 넘어졌다. 그의 두 발이 불에 타버렸다.

p. 32-33 "피노키오야, 너 거기에 있니?" 제페토가 외쳤다. "예, 아버지." 피노키오가 대답했다. "하지만 전 걸을 수 없어요." 제페토는 문을 부숴서 열었다. 그는 바닥에 있는 피노키오를 발견했다. 살며시 그는 피노키오를 들어 올렸다. 피노키오는 제페토를 껴안고 울었다. "자, 자." 제페토가 말했다. "내가 너에게 새 발을 만들어 줄게." 제페토는 피노키오를 위해 새 발을 깎았다. 그는 그것을 피노키오의 다리에 나사로 고정시켰다. 피노키오는 새것과 다름없었다. "난 이제 착한 소년이 될 거예요." 피노키오가 말했다. "전 학교에 갈 거예요. 아버지는 저를 자랑스러워하시게 될 거예요."

p. 34-35　　제페토는 미소 지었다. "우선 너에게 교과서를 사줘야겠구나. 난 돈이 많지 않단다." 제페토는 집을 둘러보았다. 그러고 나서 좋은 생각이 떠올랐다. 그는 나가서 한 시간 후에 돌아왔다. 그는 손에 새 교과서를 들고 있었다. "네 거야." 제페토가 말했다. "감사합니다, 아버지." 피노키오가 말했다. "그런데 아버지 외투는 어디 있어요?" "아, 너무 더웠잖니. 팔아 버렸단다." 제페토가 말했다. 피노키오는 울면서 제페토를 껴안았다.

[제 3 장] 피노키오, 속아넘어가다

p. 38-39　　학교에 가는 길에 피노키오는 사람들 한 무리를 보았다. 그들은 인형극장 밖에 줄을 서 있었다. 피노키오는 공연을 보고 싶었다. 그는 표를 살 돈이 없었다. 그는 동전 몇 푼에 자기 교과서를 팔았다. 피노키오는 무대에 있는 많은 꼭두각시를 보았다. '나도 춤추고 노래할 수 있어.' 그가 생각했다. 피노키오는 무대에 뛰어올랐다. 다른 인형들은 그를 보니 기뻤다. 그들 모두는 춤추고 노래하는 것을 멈췄다. 그들은 피노키오 주위로 모여들었다. 관중은 화가 났다. 그들은 왜 공연이 중단되었는지 이해할 수 없었다. 많은 사람들은 소리치기 시작했다.

p. 40-41　　꼭두각시 주인이 나왔다. 그의 얼굴은 화가 나서 빨개졌다. "왜 넌 공연을 중단시켰냐?" 그는 소리쳤다. 피노키오는 사과를 하고 무대를 떠났다. 그는 관중석으로 합류했다. 그는 학교에 가는 것에 대해 완전히 잊어 버렸다. 공연은 계속되었다. 나중에 피노키오는 다른 인형들과 이야기를 나눴다. 꼭두각시 주인은 저녁을 요리했다. "불을 지피기 위해 더 많은 나무가 필요해." 그는 말했다. 그는 두 명의 꼭두각시 병정을 보았다. "그 새 인형을 데려와라. 그는 좋은 장작감 같더구나." 병정들은 피노키오를 붙잡았다.

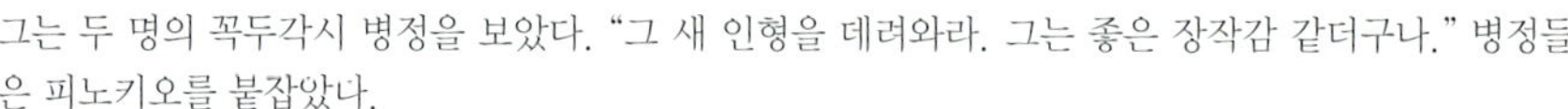

p. 42-43　　피노키오는 울기 시작했다. 그는 자신의 발이 불탔던 때를 기억했다. "저를 불 속에 던지지 말아 주세요." 그는 말했다. 꼭두각시 주인은 피노키오가 가엾게 느껴졌다. 그는 병정들에게 다른 꼭두각시를 데리고 오라고 말했다. "안 돼!" 피노키오는 말했다. "그를 태우지 마세요." "난 불을 지피기 위해 나무가 있어야 해." 꼭두각시 주인이 말했다. 피노키오는 똑바로 섰다. "그렇다면 제가 해야 할 일은 분명하네요. 만약 당신이 우리들 중 한 명을 불태워야 한다면 저를 태우세요." 꼭두각시들 모두가 울었다. 병정들조차도 슬퍼 보였다. 꼭두각시 주인은 재채기하기 시작했다. 그는 동정심을 느끼면 재채기를 했다. 그는 정말 못된 사람은 아니었다.

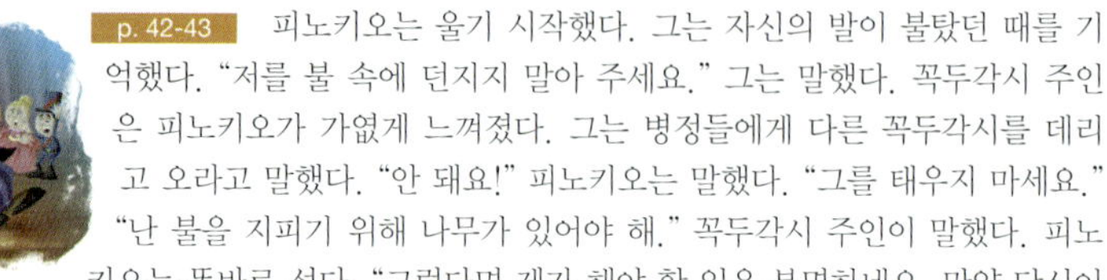

p. 44-45　　"네 아버지는 누구니?" 꼭두각시 주인이 물었다. "제페토요." 피노키오가 말했다. "아버지는 저를 걱정하고 계실 게 틀림없어요." 갑자기 피노키오는 학교에 대해 기억났다. 그는 어떻게 제페토가 외투를 팔게 되었는지 꼭두각시 주인에게 말했다. 꼭두각시 주인은 가난한 제페토를 가엾게 여겼다. 꼭

두각시 주인은 피노키오에게 금화 다섯 개를 주었다. "이것들을 아버지에게 드려라. 내 마음이 변하기 전에 지금 떠나거라." 피노키오는 집으로 걸어가기 시작했다.

p. 46-47 가는 길에 피노키오는 여우와 고양이를 만났다. 여우는 다리를 저는 척했다. 고양이는 장님인 척했다. 이런 식으로 그들은 낯선 사람들에게 돈을 요구했다. 피노키오는 그들에게 자신이 부자라고 말했다. "난 새 교과서를 살 거야." 그는 그들에게 말했다. "그리고 내 아버지가 입으실 새 외투도." 그는 그들에게 금화를 보여주었다. 고양이의 눈이 커졌다. 그러고 나서 고양이는 눈을 감아야 한다는 것을 기억했다. 그는 장님이어야 했다. 여우가 신이 나서 말했다. "너 돈을 더 벌고 싶니?" 그가 물었다. "우리가 알려 줄게." 고양이가 말했다.

p. 48-49 두 마리의 동물은 피노키오에게 특별한 장소에 대해 말했다. 그곳은 경이의 들판이라고 불렸다. 사람들은 거기서 땅에 동전을 넣는다. 아침이면 나무가 자랄 것이다. 그 나무에는 과일이 자라지 않을 것이다. 대신에 금화가 자랄 것이다. "금화 몇 개?" 피노키오가 말했다. "음, 예를 들면 네가 금화 한 개를 심는다고 해보자." 여우가 말했다. "그 나무는 너에게 동전 500개를 줄 거야." "난 금화 5개가 있어." 피노키오가 말했다. "그러면 내가 몇 개의 금화를 갖게 되지?" 이것은 간단한 수학 문제였다. 하지만 피노키오는 학교에 가 본 적이 없었다. 그는 그것을 어떻게 푸는지 알지 못했다. 여우가 대답했다. "음, 간단하지. 5 곱하기 500은 2,500이야."

p. 50-51 "금화 2,500개라고?" 피노키오가 외쳤다. "나 부자 되겠다!" 그 동물들은 오래 걸어야 하는 거리라고 말했다. 그들은 여관에서 그날 밤을 묵었다. 여우와 고양이는 많은 음식을 먹었다. 피노키오가 계산을 했다. 금화 한 개의 비용이 들었다. "걱정 마." 여우가 말했다. "너는 아직 금화 2천 개를 만들 수 있어. 우리는 자정에 떠나야 해. 해 뜨기 전에 금화를 심어야 하거든." 피노키오는 자정에 잠에서 깼다. 여우와 고양이는 이미 없었다. 그들은 더 먼저 떠났다. 피노키오는 숲 속을 걷기 시작했다.

p. 52-53 갑자기 두 형체가 나타났다. 그들은 얼굴에 두건을 썼다. 그들은 실제로는 여우와 고양이였다. "네 돈을 내놔!" 여우가 말했다. 피노키오는 도망쳤다, 하지만 그는 그다지 빠르지 못했다. 도둑들은 피노키오를 잡았다. 피노키오는 재빨리 입에 금화를 넣었다. "입을 벌려." 고양이가 말했다. 피노키오는 입을 열지 않았다. 그 동물들은 피노키오의 나무로 된 입을 열 수 없었다. "그를 발부터 거꾸로 매달자." 여우가 말했다. "그는 지칠 거야, 그러면 무거운 동전이 그의 입을 열게 할 거야." 여우와 고양이는 피노키오를 나무에 매달았다. 그들은 나중에 다시 오기로 계획하고 떠났다.

[제 4 장] 장난감 나라

p. 58-59 잠시 후에 피노키오는 아름다운 목소리를 들었다. "피노키오, 너니?" 그는 한쪽 눈을 떴

다. 파란 요정이 그의 밑에 서 있었다. 그녀는 새에게 밧줄을 끊도록 명령했
다. 피노키오는 땅에 떨어졌다. "너는 나쁜 소년이었지." 요정이 말했다. "너의
불쌍한 아버지가 너를 기다리고 계셔. 네 아버지는 네가 어디에 있는지 모르
서." 요정은 피노키오를 자신의 성으로 초대했다. 가는 길에 피노키오는 주머니에
금화를 넣었다. 성에서 피노키오는 그녀에게 여우와 고양이에 대해 얘기했다. "금화는 지금 어디에
있니?" 요정이 물었다. "잃어 버렸어요." 피노키오는 거짓말을 했다.

p. 60-61 　그때 이상한 일이 일어났다. 피노키오의 코가 몇 센티미터 자랐
다. "어디에서 잃어 버렸는데?" 요정이 물었다. "근처 숲에서요." 피노키오가
말했다. 그의 코가 더 길게 자랐다. 요정은 웃었다. "피노키오, 거짓말을 하면
네 코가 자랄 거야. 그걸 기억해. 이것 또한 기억하렴. 네가 착하게 굴면 진짜
소년이 될 수 있어. 너는 정직하고 용감하고 너그러워야 해." 요정은 피노키오에
게 서둘러 집에 가라고 말했다. 피노키오는 길을 따라 빠르게 걸었다. 그는 착해지겠다고 자신에게
말했다. 그는 학교에 갈 것이다. 제페토는 그를 자랑스러워 할 것이다.

p. 62-63 　"이봐, 너는 왜 뛰고 있니?" 한 목소리가 물었다. 피노키오는 길
가에 있는 한 소년을 보았다. "내 이름은 조셉이야." 소년이 말했다. "내가 기
다리는 동안 나랑 놀자." "넌 뭘 기다리고 있니?" 피노키오가 물었다. "소년들
이 잔뜩 탄 마차." 조셉이 말했다. "그 마차는 매일 밤 자정에 들러. 그 마차는
장난감 나라로 가지." 조셉은 피노키오에게 이 멋진 곳에 대해 말해 주었다. 소년
들만 거기에 살았다. 그들은 온종일 즐겁게 놀았다. 학교나 선생님은 없었다. "난 집에 가기로 약속
했어." 피노키오가 말했다. 하지만 그는 조셉과 함께 기다렸다. "나는 그냥 네가 떠나는 것만 지켜봐
줄게." 피노키오는 그에게 말했다. "그러고 나서 난 집에 갈 거야."

p. 64-65 　자정에 마차가 왔다. 그 마차의 마부는 친절해 보
였다. "안녕, 소년들아." 그가 말했다. "어서 타." 스물네 마리
의 당나귀가 마차를 끌었다. 당나귀들은 가죽 신발을 신었다.
많은 소년들이 마차에 타고 있었다. "우리랑 같이 가자." 그들
이 외쳤다. "하지만 내 아버지, 제페토…" 피노키오가 말했다. "넌
장난감 나라에서 언제나 행복할 거야." 노는 광경이 피노키오의 마음에 가득 찼다. "좋아, 갈게." 그
가 외쳤다. 피노키오는 마차에 뛰어올랐다. 몇 주 동안, 피노키오는 재미있었다. 장난감 나라에서는
모두가 행복했다.

p. 66-67 　그러던 어느 날 아침, 피노키오에게 놀라운 일이 일어났다. 그
는 귀가 머리에서 자라는 것을 느꼈다. 그는 거울을 보았다. 그건 당나귀 귀였
다. 그는 조셉을 찾으러 갔다. 조셉의 귀도 당나귀 귀였다. 곧, 두 소년은 모
두 당나귀로 변했다. 마부가 그들을 태우러 왔다. 그는 사악한 남자였다. 그는
장난감 나라로 소년들을 데리고 갔다. 거기에서 그들은 당나귀가 되었다. 그리고
나서 마부는 그들을 팔았다. 그는 피노키오를 서커스단에 팔았다. 피노키오는 재주를 부리도록 훈련
받았다. 만약 실수를 하면 그는 매를 맞았다.

p. 68-69　피노키오는 관중에게 말을 하려 애썼다. "도와주세요. 전 진짜 당나귀가 아니에요. 전 그냥 소년이라고요."라고 말하고 싶었다. 하지만 그가 할 수 있는 말이라고는 "히-하! 히-하!"밖에 없었다. 관중은 그를 가리키며 웃었다. 피노키오는 말하는 귀뚜라미가 기억났다. '내가 말을 잘 들었어야 했는데.' 그는 생각했다. 공연 중에 피노키오는 다리를 다쳤다. 서커스 책임자는 그를 팔아 버렸다. 그의 새 주인은 악기를 만들었다. 그는 북을 만드는 데 당나귀 가죽을 사용했다. 그는 피노키오를 자신의 작업장에 데려갔다. 그것은 바다 위 절벽에 있었다. 피노키오는 북이 되고 싶지 않았다! 그는 도망쳐서 절벽에서 바다로 뛰어들었다.

[제 5 장] 상어에게 구조되다

p. 72-73　바닷물은 피노키오를 바꿔 놓았다. 그는 다시 꼭두각시 인형이 되었다. 하지만 그는 구조되지 않았다. 거대한 상어가 지나가고 있었다. 상어는 피노키오를 통째로 삼켰다. 상어의 배는 매우 컸다. 그것은 어둡고 춥고 축축했다. 피노키오는 자신이 죽을 거라 생각했다. "거기 누구냐?" 귀에 익은 목소리가 말했다. 피노키오는 그 목소리를 알아차렸다. "아버지!" 피노키오가 외쳤다. 제페토도 상어의 뱃속에 있었다. 제페토는 피노키오에게 자신의 이야기를 들려주었다. 그는 피노키오가 집에 오지 않자 걱정했다. 제페토는 많은 곳을 찾아 다녔다. 그는 피노키오를 어디에서도 찾을 수 없었다.

p. 74-75　마침내, 제페토는 배를 탔다. 그는 피노키오가 바다 건너편에 있다고 생각했다. 그 배는 폭풍으로 침몰했다. 상어가 제페토를 삼켰다. "걱정 마세요, 아버지." 피노키오가 말했다. "우리가 여기에서 나갈 수 있도록 해볼게요." 피노키오는 나무조각을 발견했다.

그는 뗏목을 만들었다. 그러고 나서 그는 상어의 배를 간질였다. 상어는 웃기 시작했다. 그러고 나서 기침을 했다. 제페토와 피노키오가 밖으로 나왔다. 그들의 뗏목은 그들을 해수면으로 쏘아 올렸다. 그들은 집으로 항해했다.

p. 76-77　제페토는 늙고 병들었다. 피노키오는 그를 돌보았다. 낮 동안에 그는 학교에 갔다. 저녁마다 그는 열심히 일했다. 그는 바구니 만드는 법을 배웠다. 그는 개당 동전 몇 닢을 받고 바구니를 팔았다. 어느 날 밤, 피노키오는 꿈을 꾸었다. 파란 요정이 그에게로 왔다. "너는 정직하고 용감하고 너그러웠어. 아침이면 네 꿈이 이루어질 거야." 피노키오는 잠에서 깼다.

p. 78-79　태양이 창문을 통해 밝게 빛났다. 피노키오는 거울을 보았다. 그는 진짜 소년이었다. "아버지, 아버지, 보세요!" 그는 외쳤다. "전 진짜 소년이 되었어요." 제페토는 웃으면서 손뼉을 쳤다. 제페토는 20년은 더 젊어

보였다. "파란 요정이 아버지도 변하게 했어요." 피노키오가 말했다. "소년이 착하면 이런 일이 일어나는 거야." 제페토가 말했다. 착한 소년들의 집은 행복으로 가득하다.

Brian J. Stuart

University of Birmingham (M.A. — TESL/TEFL)
Sungshin Women's University, English Professor
University of Seoul, English Professor
Freelance writer and editor

행복한 명작 읽기 **Basic 10**

피노키오
Pinocchio

원작 Carlo Collodi
각색 Brian J. Stuart
펴낸이 정규도

초판 1쇄 발행 2012년 4월 20일
초판 4쇄 발행 2020년 11월 12일

책임편집 김지영, 최주연
디자인 정현석, 김나경, 박수경
일러스트 Agustín Riccardi
녹음 Leo Schotz, Samantha Harmon
번역 김지은

다락원 경기도 파주시 문발로 211
내용문의 (02)736-2031 내선 523
구입문의 (02)736-2031 내선 250∼252
Fax (02)732-2037
출판등록 1977년 9월 16일 제406-2008-000007호
Copyright © 2012, 다락원

값 7,000원(오디오 CD 1개 포함)
ISBN 978-89-277-0324-2 48740 / 89-7255-905-9 48740(set)

http://www.darakwon.co.kr
다락원 홈페이지를 방문하시면 상세한 출판 정보와 함께 MP3 자료 등 다양한 어학 정보를 얻으실 수 있습니다.